强基惠民驻村诗抄

献给乡村的歌

丁勇◆著

西藏人民出版社

图书在版编目（CIP）数据

献给乡村的歌 / 丁勇编著 .
—拉萨：西藏人民出版社，2014. 8
ISBN 978-7-223-04447-9

Ⅰ. ①献… Ⅱ. ①丁… Ⅲ. ①诗集－中国－当代 Ⅳ. ① I227

中国版本图书馆 CIP 数据核字（2014）第 142444 号

献给乡村的歌

作　　者　丁　勇
责任编辑　袁勇芳
装帧设计　陶　然
出版发行　西藏人民出版社（拉萨市林廓北路 23 号）　邮政编码　850000
　　　　　北京编辑发行部：100013　北京市东土城路 8 号
　　　　　林达大厦 A 座 13 层　电话：010-64466526
　　　　　打击盗版：0891-6930339　13801174584
印　　刷　北京柯蓝博泰印务有限公司
经　　销　全国新华书店
开　　本　16 开（710×1 000）
印　　张　13　　　　字　　数　45 千
版　　次　2014 年 8 月第 1 版第 1 次印刷
标准书号　ISBN 978-7-223-04447-9
定　　价　26.00 元

目录 CONTENTS

1 驻村工作队员之歌
3 过通麦
4 二月波密行

5 然乌湖即景
6 驻村思绪
7 牵挂

8 半山人家
登巴村

9 山青青
10 边关月
11 青冈林赋
13 村妇

14 小景
梦江南·扑灭多龙山火

16 严冬驻村
18 忙
19 祝福小山村

21 驻村感悟
23 感动
24 没有别的原因

25 山中观妖气
27 觅诗情
28 制定过年预案

29 拜访贫困户
30 发放慰问金
31 帮村民砍青冈叶喂牛

33 山中回短信
惠民首选

35 播下一粒种子
36 森严壁垒
37 献给村庄的歌

39 只为堂堂正正做人
42 含苞待放的村庄
44 藏历除夕宴的祝福

45 村中过藏历新年初一
46 感知小山村

49 村中抒怀
登巴之歌

50 登巴姑娘
51 仙子聚集的地方
观登巴村民跳弦子

53 登上欢乐吉祥的舞台
54 把辉煌写在高高山冈上
57 幸福之花绽放心灵

58 天上曲登
59 跳弦子的村姑

60 参加登巴村庆祝西藏百万农奴解放纪念日设立三周年活动有感
61 雪后登巴村
62 横断三月

63 登巴村要文明
深山涧中的桃花

65 观登巴村桃花
66 谒盐井文成公主庙
68 观峰云

69 登巴松
梦想

70 晴空下
晨起

71 村桥
72 澜沧江赋
74 日出登巴
76 山中人

78 星空下散步
登巴的白云

79 永恒悄悄放入心间

81 挥挥手
冬天牧云

83 赠洛桑土登
冰情

85 期盼
86 善妙之地——芒康印象
90 祝福高原

91 感谢西藏
94 感觉西藏
96 感知西藏

104 西藏赞歌

107 西藏给我一颗善良的心

108 只买一把尺子

109 只做一滴水珠

110 口袋地

111 惠民之风

114 小小心愿

116 登巴赋

117 认识你是我的缘分

119 面带灰土的美人

121 春潮

123 妈妈的茧手

124 少女

126 山村“三一零”前夕

127 三月十日在村庄的思绪

130 冬天的登巴

132 题仁青罗布游客之家

民生断想

135 驻村工作队

137 春到山村

138 惠民断想

140 山村之歌

142 乡情

守到老

143 村支书

145 变迁

146 村庄让我看到

149 劈柴小憩

远离别

150 我的小山村
151 无题
152 把心交给

153 山中遇春天
154 春风
155 与山村絮语
157 山中春雪
158 融入大潮

160 致登巴姑娘
登巴情

162 别登巴
梦江南·登巴杂咏（一百首）

191 **后　记**
192 **附　录**
读丁勇同志的诗歌

驻村工作队员之歌

（一）

肩负着时代和人民的重托
履行着共产党员神圣使命
我们在严冬时节来到基层
驻扎在草原深山中的小村
只要对广大人民群众有益
什么苦和重担都敢吃敢接
什么样的困难都能够战胜
放下身段在村村寨寨扎根
用勤奋工作夯实执政之基
呕心沥血密切党群关系
我们充满激情大踏步前进
为党为民在村庄建立功勋
我们来了不带半根草回去
我们用实惠报答父老乡亲
我们自豪我们骄傲士气盛
战严寒斗风雪干群一条心
我们光荣的驻村工作队员
要为每个村庄巨变摘星星
要为农牧民好生活揽明月
为党分忧为人民群众造福
我们热爱农村决不辱使命
用赤子之心播种富裕文明

（二）

为了强基惠民
我们是勤劳公仆
奉献在广阔乡村
我们充满理想
怀揣一颗公仆心
帮助百姓脱贫困
我们脚踏实地
一桥一路总关情
办好实事惠民生
我们满腔热情
春风化雨颂党恩
乡村安定磐石稳
我们心细如针
调解纠纷化矛盾
助推乡风更文明
我们以苦为乐
同吃同住同劳动
梅花傲寒笑北风
我们壮志凌云
舍弃小家为大家
建功立业就在村

（三）

我们在结冰的时候
为贫困户送上温暖
让党的灿烂阳光

照亮他们的心坎
我们不厌其烦
寻找脱贫的办法
将致富的金钥匙
送进穷人的门槛
我们拓展就业渠道
推进实现人人有活干
让村庄里不再有人
躺在救济床上偷懒
我们激励农民牧民
村庄里所有的人
依靠勤劳的双手
将贫穷放进河流
让落后随风溜走
我们带领一户户家庭
骑上共同富裕的骏马
让文明发展的鲜花
盛开在万户千家

过通麦

通麦的公路
紧紧缠在山间
弯急不见迎面车
雪峰直插碧云天
山顶的松柏
身披一层雪花
山腰的树木

绿叶掩没了巨石
易贡藏布清澈
波涛拍击着悬崖
激起洁白的浪花
塌方处尚见零星碎石
沿着斜坡滑落
通麦道路险峻甲天下
乘车通过眼睛不敢眨
它年我若归去
愿化一片彩云
驻足南迦巴瓦
守望过往车辆行人
送给他们一路安宁

二月波密行

青山高耸入云天
纤柔的白云
飘荡在碧海山巅
皑皑白雪堆积山尖
丽日下如处子肌肤
分外耀眼
擎天松挺立在
如茵的青冈林
山风劲吹
卷起绿涛涟涟
芳草嫩绿细腰纤纤
山花吐蕊色彩艳艳

引来无数蜂蝶留恋
溪水清澈见底
与涧石缠绵
激起万朵浪花飞溅
路旁粉红的桃花
似乎善解人意
借春风把脉脉柔情
送进还穿着冬衣的
工作队员心田

然乌湖即景

冰雪覆盖着道路
太阳挥洒着晶莹
山峰让人睁不开眼
雪块从松枝上滑落
碧空如洗
任由洁白的云朵飘过
湖面冰层上洒满雪沫
鸟儿悠闲地漫步
留下一行行清晰的脚印
风儿似乎失去威猛
吹面只有些许寒冷
我脱下笨重的冬装
在冰雪世界中留影
真想化作鸟儿身
走到然乌湖中心
细细观赏冰上雪景

驻村思绪

风已带走黄叶
留下一片萧瑟
我的心像翻腾的白云
在无垠的天空追寻
肩负强基惠民的使命
结冰时节驻扎在小山村
接过哈达喝下青稞酒
思绪万千梳理工作
支部为堡垒
成员为明灯
凝聚人心驱逐浮云
村委会团结清廉勤政
正义公平让村民放心
加强管理化解矛盾润物无声
排查隐情促进和谐维护稳定
立足实际找准关键拓宽渠道
改善民生人人就业最为重要
解放思想敢为敢行
率领群众勇闯致富门
教育干群牢记党恩
认清达赖集团祸国殃民
贫困山村民生艰辛
千方百计解困惠民
深入调研体察民情
急难愁苦铭记于心
问计于民莫自聪明
惜民力尊民智激民勤

一片赤诚与民携手
共铸维护稳定的连心锁
一片热忱不带半点私心
把党的阳光送进百姓心灵

牵挂

出城已经很久
几乎忘记了
城中的锦绣
忙忙碌碌奔走在
山间土路
穿着已经不再讲究
深入农牧民家中调研
回到住处
灰尘从头发掉落
天气突然变冷
风吹在水面
岸边留下了一层薄冰
帮扶对象的冬衣是否御寒
五保户是否有取暖的柴薪
带着疑虑登门探望
嘘寒问暖拉起家常
厚厚的被子叠在卡垫上
政府送来了过冬的衣裳
大米面粉就在粮仓
柴薪备足在庭院中堆放
全村人过冬的生活都有保障

寒风无情草木凋零
共产党更加关心民生
强基惠民久住在小山村
风霜雨雪天阴天晴
家长里短矛盾纠纷
每一件小事都牵挂在心

半山人家

一户独处半山间
白雪覆地到峰巅
众树无语风声起
红旗猎猎分外艳
星斗稀疏散云天
半月生晕大又圆
藏獒不识天上事
吠声沉沉荡谷间

自注：余在芒康县曲登乡登巴村，雪夜见半山腰有人家，众树绕舍，院中一杆五星红旗在迎风飘舞，自农舍至山峰，白雪皑皑。天上云白星稀，半弦月皎洁如玉，环月显现巨大的晕环，余从未见闻。有藏獒对月晕而吠，其声浑厚，回荡山谷，久久不已。

登巴村

东达山觉巴山
险峻令人惊颤
公路涧中穿行
村庄散落谷中

抬头可见雪峰
蓝天飘荡白云
登曲河水清清
涧石鸣起不平
四季不绝琴声
柳丝舞桃花红
农家始把地种
雨打松雾绕峰
村姑喜采松茸
秋风爽青稞黄
楼顶上当晒场
羊肉嫩牛肉美
农家酒香金杯
土夯墙木地板
夏日凉冬天暖
夜半星亮晶晶
月如盘清辉泻
山色荡漾青翠
登巴村景迷人
峰水云胜仙境

山青青

山青青
险峰飞神鹰
天青青
碧海飘白云
水清清

冰凌耀日明
风清清
红旗猎猎迎
冬季的横断山脉
丽日悬挂在南天
雪峰冰川亮人眼
山村好景处处见

边关月

腊月的夜晚
我坐在楼梯旁
静静地看着月亮
边关一年之中
最后一个满月
美丽异乎寻常
一朵白云
一颗亮星
紧随明月行
嫦娥舞动着长袖
连绵不绝的银辉
在千山万壑涌流
看得我目不转睛
任风儿吹在身上
没感觉一丝悲凉
一缕缕流动的月光
恰似你飘逸的秀发
激起对爱情的向往

玉盘倾泻着无尽的皎洁
群峰静卧万籁俱寂
我似乎听到了
你在远方的呼吸
今夜的月是月非月
让思念透明而清澈
渴望中渗入淡定
浪漫里融入超越
圆月就是我的心
身处边疆守卫平安
在一片绝对寂静中
双肩扛起祖国的山关
把和谐温馨撒向人寰

青冈林赋

走进大森林
为松的挺拔震撼
为杜鹃的艳丽惊叹
为桦树的黄金叶陶醉
而流连忘返
还有那青冈林
以生机盎然的青叶
激起大山绿涛滚滚
松树是山的旗帜灵魂
杜鹃花是山的形象大使
秋天的桦树叶
是山的愁肠柔情

青冈林啊
则是青山不老的象征
青冈林
将松树眷顾不到的地方
染成青青的颜色
以自己结实的身躯
守卫着每一寸土地
再急的雨水
也冲不走土壤一粒
青冈林
一绿四季
使春天的颜色在冬天里
不再成为记忆
青冈林
并不伟岸
但对绿色的热情
再凛冽的冰雪
也无法冲淡
青冈林
一片赤诚
无私奉献山中人
草场覆雪牛羊无粮
青叶击退饥荒
烧水做饭缺柴薪
枝杆燃烧成灰烬
长夜难耐寒冷
青冈烈焰炉中升
餐桌缺少时鲜菜
林下奉上野山菌

甘当绿叶映鲜花
燃烧自己温暖他人
这就是青冈精神
强基惠民来到山村
春暖花开走进森林
饱览秀水山色
放眼万紫千红
唯一牵动心弦的
是那平凡的青冈林

村妇

丈夫靠在南墙
尽情享受着
冬日温暖的阳光
妻子理完庭院
拿上一柄斧头
走到高高的南山
砍伐无叶的青冈
日过中天的时候
一大捆柴禾背上
腰背极力向前倾
吃力地走过木桥
艰难地爬上山冈
庭院中放下柴禾
额头汗珠落地上
孩童见娘叫饿
连忙进入厨房

走遍西藏高原
见到无数村庄
勤劳贤惠的村妇
顶起家中的脊梁

小景

云如绢
流动在高天
松如塔
风中溢青翠
峰如剑
白雪耀银辉
水成冰
凝固在溪涧
村庄里
不见有人行
唯见房顶飘炊烟

梦江南·扑灭多龙山火

（一）

浓烟滚
多龙山火起
登巴村民奔上山

如美镇人驰援急
车上挂国旗

（二）

扑山火
马队越山岭
青年扛锹步如飞
妇女拎桶随后行
山道起灰尘

（三）

水源远
火光冲上天
众人有力使不上
乡长指挥走在前
清出隔离间

（四）

又一队
来自芒康县
消防队员三十名
步伐整齐上前线
火不再蔓延

（五）

夜降临
山上一片静
风吹死灰易复燃
分片负责警戒紧
露宿伴寒星

（六）

灾情急
灾民欲哭泣
政府沉稳来应对
八方力量聚集齐
彰显执政力

注：2012年1月27日下午一时许，登巴村多龙组一块牧草山地发生大火，驻村工作队立即通知登巴村民上山扑火，并向乡政府报告火情。一小时后，朱晓文乡长到达，两小时后，陈烈副县长率三十多名消防队员、林业局局长等抵达，邻镇如美镇书记次仁顿珠带领一百多名村民到达，六时许扑灭明火。政府指挥科学，各方齐心协力，村民灭火踊跃，避免了森林火灾扩大，有感于此，草就此诗。

严冬驻村

水倒在地上
一会儿便凝成冰块
远离所有的亲人
半月不见报纸来
几乎与世隔绝

模糊了山外世界
工作队驻扎的村庄
村姑每天在砍柴背柴
时尚青年驾着摩托车
在县城和山庄间往来
病人在村医的呵护下
安然坐在木条凳上
一边输着点滴
一边享受着阳光
我奔走在羊肠小道
到高高的雪山脚下
把牧民乡亲探访
关注柴草油盐钱粮
谋划水电路讯住房
牧民一改沉默不语
发言恐后争先
充满期待的目光
所叹语言不通
翻译比划正忙
讲清了惠民政策
炉中的柴禾燃烧正旺
闻说拖拉机将开到牧场
点灯不再使用松明
村民喜气洋洋
感谢遇到好时光
伴随着三九天气
奔波在村庄牧场
感受着大山之子
淳朴真诚的情感

冰在脚下作响
心中并无严寒

忙

一叠文件
旧书几本
案头摆着蜡烛灯
深夜在纸上耕耘
夜阑人静
风抚山林
月下树影是故人
惯于夜半伴繁星
风也匆匆
时也匆匆
树叶熟透飘云中
不觉秋水化冰丛
春暖花开
柳绿花红
香蕊之上忙蜜蜂
伸伸懒腰觅轻松
山上小径
羊圈民居
村桥何处连岸树
心中自有一本书
豪车别墅
霓虹美人
熙熙攘攘大都市

多时不见若隔世
独处深山
所见天蓝
村民生计尚艰难
晨昏不敢去偷闲
学道城中
论剑乡下
强基惠民头绪繁
唯恐失职成冗官

祝福小山村

趁着除夕的酒香
一觉睡到天亮
见到的第一缕阳光
金亮中充满辉煌
面对着冉冉升起的太阳
我的心无比亮敞
在新春的第一个早晨
我把最美好的祝福
献给我工作的小山庄
老人在安居房里
怡然自得
享受着太阳星星月亮
健康伴随每一天的时光
男人尽情挥洒
康巴汉子的豪情
精心梳理田园牧场

带着东达山的气势
在大市场中闯荡
把命运紧紧握在手上
女人凭借巧手一双
剪下登巴山峰的云彩
编织斑斓吉祥的生活
让每一天充满温馨
让每一夜都流淌爱
小伙子不再重复
前辈们创造的精彩
网上学文化
心装大世界
推动山村奔向未来
姑娘们带着山水的灵秀
走出大山沟
一展心智巧手
城镇之中竞风流
孩子们的书包
不再成为背篓
伴随着绿叶鲜花
沐浴着明媚的阳光
畅游在知识的海洋
环境如美人的秀发
摆脱一切尘垢
山更青水更碧天更蓝
人在村中走
如在画中游
邻里互相帮助
门户不必上锁

矛盾纠纷风中散
四季和谐平安
壮怀豪饮青稞酒
三餐不缺牛羊肉
着装金银闪闪亮
珠宝只是寻常货
连曲河水清悠悠
贫困已随浪花走
小康悄悄扎下根
富裕之花盛开在
家家户户的门庭
欢乐和谐幸福
伴随着每一个昏晨

驻村感悟

机关小舞台
村庄大世界
办公室的满腹经纶
是否经得起
乡村风雨的裁定
入驻小山村
一见一闻一行
更加明白了
为谁执政
为谁用好权柄
驻村必须一颗心
党心紧连村民心

不带走枯草半根
怎可满腔心思杂尘纷纷
身影虽然晃动在村庄
却虚度荒废宝贵光阴
为民须动真感情
此村就是我故乡
村民就是我亲人
架一桥修一道扶一贫
一件件不起眼的小事
都是必须完成的本分
民心自有一杆秤
尽己所能
拿出真情
就能交出
合格答卷一份
村民胜似亲人
在寒冷的冬天
送来一捆捆柴薪
河水结上厚厚的冰
温暖却流淌在我的心
乡风文明需引领
惜民力增民智激民勤
化解矛盾维护稳定
清水一碗只要端平
不愁达赖暗中弄乌云
以我微薄的力量浅见
助推小山村的进步变迁
成就党为民惠民的情缘
何患功业不建
何惧苦一些累一点

感动

天太寒冷
燃起火炉
手指才能摆脱僵硬
才能在键盘上
敲出一行行公文
乡亲已送来柴薪
我拿起斧头劈柴
长我八岁的组长
抢过斧头劈起来
道理很简单
拿笔的手
劈不了柴
钻山沟走牧场
身上尘土扬
做饭的村姑提醒我
该洗一洗衣裳
我换下衣服藏一旁
上山回来
洗过的衣服已叠好
整齐放在行李箱上
考察拖拉机道
一片白冰挡在前方
年逾花甲的老村长
担心冰滑人摔倒
一双有力的茧手
拉着我一步步行走
“村中条件有限

“工作队日夜辛苦
“大山之中的最佳饮品
“就是喝一口酥油茶
“牧业组送来了酥油
“干部群众一家
“一定将它收下”
春节留在村中
为的是联系群众
老阿妈牵着孙女
送来一瓶酸奶
见我收下品尝
满脸皱纹都舒展开来
高兴得像个小孩
件件不经意的小事
让我感到淳朴可爱
面对这样的衣食父母
每一天都不能懈怠

没有别的原因

我要把诗
写得更加纯真
没有别的原因
只为那一个个
淳朴可爱的乡亲
我要把一件件实事
办得更加扎实
没有别的原因

只为山村之中
每一个勤劳的人
都深深感谢党恩
我要克服一切困难
推进峡谷中的村庄
逐步走向现代文明
建设新农村
生产生活方式
必须与时俱进
我要放弃高深
让桩桩小事缠身
没有别的原因
小事关系民生
走出机关到农村
身为党的人
必须让党恩扎下根
不负天地良心

山中观妖气

邻省乌云骤然冒起
自焚杀人散布妖气
百姓过年盼望升平
达赖阴谋毁掉安宁
消息传到登巴山村
农民牧民群情激愤
纷纷谴责泯灭人性
锦绣日子还要闹事

不讲道理疯狂透顶
制造骚乱暗藏野心
“五九”叛乱试图重温
先乱康区再乱西藏
妄图实现独立梦想
历史车轮滚滚向前
西藏早已换了人间
领主已逝农奴执鞭
达赖的太阳沉下西天
人民的太阳青天高悬
康区刮起的一点妖气
“政教合一”的一杆破旗
怎能撼动人民的政权
淳朴善良的登巴村民
把五星红旗插在房顶
自觉组织起联防队员
值班巡逻在日日夜夜
织就反渗透天罗地网
分裂破坏必撞上南墙
可笑达赖施展小伎俩
到头来只能是梦一场

注：2012年春节期间，达赖集团在邻省康区几个县制造分裂骚乱事件，有喇嘛自焚、有无辜群众被杀、有财物被烧、有狂徒呼喊反动口号，猖獗一时。消息传到我开展强基惠民活动所在的芒康县曲登乡登巴村，村民认为达赖疯了，现在党和政府这么好，日子这么好，还要造反搞分裂，太不讲道理了。一九五九年叛乱，就是达赖集团暗中与当时西康省的叛乱分子勾结，叛乱从康区开始，最后扩大到卫藏地区的。此次邻省的骚乱，表明达赖集团想复制五九年的阴谋，先乱康后乱藏。当时噶厦政府还在，藏军还在，封建农奴制度还在，叛乱仍以失败而告终。今天，谋发展、思稳定、奔小康是民心所向，达赖的阴谋不可能得逞。

觅诗情

我向青山觅诗情
青山说看看我的脊梁
再看看我的衣裳
我向山花觅诗情
山花说闻闻我的气息
再看看我的笑容
我向小溪觅诗情
小溪说看看我的清澈
再听听我的歌唱
我向天空觅诗情
天空说看看我的颜色
再看看我的空旷
我向农民觅诗情
农民说看看我的庄稼
再看看我的汗水
我向牧民觅诗情
牧民说看看我的草原
再看看我的牛羊
我把目光投向姑娘
问什么时候我的诗
才能像你一样漂亮
姑娘说看看我的头发
再看看我的眼睛
感谢你们
让我明白了
世界上的一切
最珍贵的是特色
最有生命的是精神

制定过年预案

刚发救济物资低保费
护林员工资又全到位
朴实的山里人数着钱
笑颜绽放乐得似雪莲
家家户户的楼房顶上
五星红旗朝霞般鲜艳
大卡车满载年货进村
深山峡谷中的农牧民
乘兴骑来一匹匹骏马
蔬菜成捆日用品成袋
马背上垒成了小山堆
吃喝用每一样都齐备
牵着马哼着歌把家回
村民组长村委会成员
会同驻村工作队开会
研究全村过上平安年
盛世过年喜庆不可少
马要赛歌要唱舞要跳
还要留出一手防达赖
在藏历新年制造破坏
他们不让百姓过好年
百姓就筑牢防范网线
护林员联防队全就位
工作队村委会来带队
谁敢跳出来破坏捣乱
即处置杜绝祸水漫延
让歌声伴随过年平安

让彩云飘荡在横断山
让百姓欢欢乐乐过节
让达赖集团失望落泪

拜访贫困户

节前拜访贫困家庭
村长亲自领到门口
看到矮矮的土夯墙
薄膜钉在小窗口上
过冬的柴禾堆房前
一排几乎高于屋檐
进门看看家中摆设
客厅里立有柴禾炉
陪伴着一排旧卡垫
领袖像挂在正厅堂
满屋显得光明空荡
送上过节的慰问金
主人不断感谢党恩
喝上一杯含盐清茶
主人慢慢打开话匣
听说要送扶贫牦牛
问我是有还是没有
我连忙肯定点点头
主人顿时感到兴奋
脸上露出憧憬眼神
有了牛生活有奔头
母牛能够生出小牛

每年都能添上一头
凭着一双劳动的手
富裕日子不用愁
主人向我谈计划
牛奶酥油全部出售
一头牛能挣一万多
要把金钱积攒够
推倒土房盖木楼
我说建楼不用急
有钱先铺致富路
主人以手指指心
他想成家娶媳妇
无楼姑娘不愿嫁
有楼姑娘领回家
两人一起过日子
从此不再有寂寞
致富也添一帮手
还要生个胖娃娃
那一天来到的时候
请我一定到家喝酒

发放慰问金

大卡车满载年货
热热闹闹开进村
吸引七个组的村民
或骑马或开来摩托
购买一袋袋日用品

笑嘻嘻满载而归
人群中仔细寻找
不见贫困户熟悉的面孔
无论富裕贫穷
都要把年过得火红
工作队连忙筹款
召集起最贫家庭
发放节日慰问金
村民仁青异常兴奋
拉起队员的手称
在最困难的时候
党和政府帮助我
在过年的时候
党和政府又想起我
无钱看别人过年
现在我有钱啦
心中比蜜甜
我要一心跟党走
渡过眼前的难关
要与富裕户比一番

帮村民砍青冈叶喂牛

阳光灿灿天气转暖
村庄喜迎藏历新年
过年物品应有尽有
牛饲料还没有备够
山上绿绿的青冈叶

正好适合牛的胃口
跟着村民来到山上
青冈枝叶到处都有
青青的叶子长满刺
不知从何处可下手
村民连忙告诉我
老叶刺硬牛不入口
树顶之叶刺短且柔
无刺之叶山上没有
以斧砍枝折腾很久
还不够牛吃上几口
村民身手极其敏捷
手起刀落尽是柔叶
帮我打好捆系好绳
一捆枝叶贴着背肩
不怕树挡不惧风吹
下山路实在不好走
一失足屁股就着土
双腿累得发软发抖
上坡路只能迈寸步
走几步便想停一停
气已出不了咽喉
拼尽最后一点力
把青冈叶背到村头
狼狈不堪遇见乡亲
乡亲见状笑破了口
大颗汗珠滴落下土

满身尘埃灰人一个
若非亲历不知其艰苦
从今往后无论在何处
一定要惜民力爱民勤
一刻也不忘民生艰辛

山中回短信

我的手机耗尽了电
好不容易找到一个
旧的太阳能蓄电池
充好了电已是半夜
打开手机看到祝愿
横断山明月分外圆
你有一颗圆月的心
愿圆满伴你到永远

惠民首选

人在山脚
仰视不知山多高
唯见山势凌青霄
人在沟壑
下视不见壑多深
唯听深涧传涛声
靠山吃山

苍天垂怜山中人
生出松茸青冈菌
虫草藏在大山岭
一条大河
分割村庄与山坡
洪水季节波唱歌
欲采山珍渡不过
山多地少
耕地远离居民点
崎岖山路羊肠道
磨破鞋底达草场
为民办实事
基础设施最重要
首选小路与小桥
没有道路又缺桥
村民心急如火燎
眼见山珍采不上
庄稼成熟收不了
修好道路架好桥
家家户户都欢笑
桥路即是小康道
切莫目光太远高
看不上一条小路
一座不起眼的桥

播下一粒种子

实惠先行教育紧跟
强基础重在聚人心
江河浩荡奔流去
大势必讲清
道理明行为必端正
松挺直宁折不弯身
不明之理须用聚光镜
赶走黑暗才能有光明
画龙画凤重在点睛
一条主线贯穿党恩
语言高雅未必通行
入耳入脑入心
需请下里巴人
理透情酣之后
顽石也会睁开眼睛
眼见为实耳听为虚
惠民政策举不胜举
住的房吃的水用的电
行的路治的病读的书
一桩桩一条条一件件
哪一样能离开
政府的心血
共产党的恩惠
惠民如春花如夏荷
灿烂如秋菊温暖如冬日
一年四季看得见在身边
达赖除了装神弄鬼

一根草的好处也看不见
在村民心中播下一粒种子
鲜花就会盛开在村庄
和谐之风就会吹遍原野

森严壁垒

维护稳定
人民生活方得安宁
从古到今
保一方平安须预警
烽火狼烟
化解危机的第一道防线
暗藏敌人
双眼一定紧紧盯
见微知著
防范网络覆盖每一处
堡垒内部一定要巩固
树欲静而风不止
达赖集团分裂破坏
搞乱西藏之心不死
武的靠暴力骚乱
苍蝇乱飞挑衅滋事
文的靠颠倒黑白
妖言惑众乱人心
紧紧依靠广大村民
把垃圾打扫得干干净净
一见苍蝇齐上阵

让它无处躲藏滋生
坚壁清野下定决心
事先打下反渗透的预防针
让达赖集团搅起的污泥浊水
早早露出狐狸尾
在猎人的枪口下
化成随风飘散的尘灰
骚乱闹事暴力事件
密谋渗透谣言
怎能奈何我
全民构筑的森严壁垒

献给村庄的歌

我的小村庄啊
你的山是如此之高
再狂傲的旅行者
见到也要折腰
我要给山上
送来一批批神仙
让岩羊在树丛依偎
让雪鸡成群喝水在溪边
让棕熊快乐地垒雪堆
让登巴峡谷成为
远近闻名的野生动物乐园
你的水是这样清澈
再近视的人
只要睁开眼睛

都会泉中看到白云
我要在你的清溪旁
建一条长长的画廊
松树是画廊的风骨
岩石是画廊的脊梁
雪峰是画廊的远景
点缀是无际的青冈
还有那潺潺不息的流水
日夜在画廊中演奏歌唱
富有特色的是阁楼土墙
顶层当晒场兼作储藏
底层宿牛羊
再富有的人
见到你的房
也会为自己的豪宅
而黯然神伤
我要为你送一座博物馆
不陈列彩电冰箱
只放金黄的青稞秸秆
磨得光亮的柏树木碗
松茸虫草干的青冈菌
松枝牧羊鞭旧斧头柄
让挥霍无度的现代人
牢记人类靠什么生存
最美的是你的山林
一草一木都含情
再枯燥乏味的人
见到都会动心
我要送你一座电站

燃料不再取之于山
让绿叶在清风中歌唱
让大树在阳光下成长
让大山掩映在森林
让村庄像蓝色宝石
与青山绿水相辉映
让村民让所有的人
还有我们的子子孙孙
都永远享有蓝天白云
永远拥有不可复制的
横断山脉生态环境

只为堂堂正正做人

沦为洋奴的人
怎知道做人堂堂正正
为了堂堂正正做人
大刀长矛刺向八国联军
拼了身家性命打日本
把蒋家王朝推翻在南京
勒紧裤腰带制造“两弹一星”
改革开放推进现代化进程
中华民族同根连心
江孜抗英书下大写的人
驱逐帝国主义势力出西藏
僧俗热情迎接和平解放大军
摧毁庄园推翻领主
百万农奴获得新生

在世界上最高的地方
堂堂正正地做起了人
达赖集团并不甘心
叛乱失败仓皇逃遁
数典忘祖投靠洋人
昔日的农奴主摇身一变
居然讲起了主人的词汇
你们人权文化挂在嘴边
只字不提封建农奴社会
试问农奴有多少文化
他们能享有多少人权
你们大谈宗教信仰自由
殊不知农奴被固定在庄园
还有什么转经朝圣的自由
生命都被捏在领主的手中
厄运到来只能向主人磕头
你们鼓吹环境保护
矛头直指修桥筑路
在众山之宗的西藏
没有连接沟壑的桥
没有四通八达的路
民生何以改善
社会如何进步
西藏是我们的家园
生态是我们的命根
民生与环保并进
像爱护眼睛一样
珍爱土地草原森森
这里依然云白山青

我们这里不分民族宗教
男女老少一律平等
我们这里有格鲁派寺庙
有萨迦宁玛噶举派神殿
还有清真寺天主教堂
是宗教信仰自由的乐园
各自的神灵
伴随教徒每一天
至于文化
已从寺院走进百姓家
孩子上学不要钱
藏汉英课程都齐备
全能人才不断涌现
我们努力这样做
不为讨好西洋有色舆论
不为回击颠倒是非的你们
只为堂堂正正地做人
使伟大的中华民族
屹立于世界民族之林
这一点点西藏农牧民
老少妇孺皆知的道理
恐怕你们终身也不明
因为你们背叛了祖国
完全丢掉做人的根本

含苞待放的村庄

村庄处在历史转折点
新农村建设惠民政策
如和煦春风吹遍原野
团结民主富裕文明和谐
一朵朵含苞待放的花蕾
沾满露珠在阳光下
是那样可人耀眼
安居房让家不再寒冷
双手天天积聚起温馨
承包的草场土地山林
种的庄稼饲养的牛羊
不断普及的高新科技
激发农民牧民转观念
把创业的恒心树立起
密如棋盘的交通网
使小山村不再偏僻
人扛牛驮马运输
让位于汽车拖拉机
农村的生产力水平
实现历史性更新
电信网络邮政
密如河网树根
报纸广播电视
进入农舍家庭
信息多于雪片
飞落山山水水
世界风云变幻

同步传到深山
人流物流信息流
助推大山深锁的村庄
追赶时代潮流
一双沾满泥土的手
也能网上竞风流
水电风电太阳能
终结了松明酥油灯
带来了光明
带来了文明
把太阳的明亮
留在夜晚的村
日出而作日落而息
这一亘古不变的时钟
消失在草原大山之中
基础设施大踏步前进
改变着村庄落后宿命
跨越式发展动力强劲
一排排整洁的校舍
聚集起天真烂漫的村童
三包的优惠政策
激励着农民牧民
纷纷把孩子往学堂送
零就业的旷世举措
使注重实惠的村里人
眼界忽然变得远阔
孩子念完初中高中
仅仅是第一阶段
还要远赴大城市

在高等学府求学
朗朗的读书声
回荡在阳光下的乡村
一串串文明的音符
渗进田野草原森林
古老的村庄
妙若美丽少女
沐浴着党的阳光
在绿草鲜花丛中
把青春活力绽放

藏历除夕宴的祝福

我借一块鲜美的羊肉
祝西藏各族人民
来年快乐充满心头
祝我工作的小村庄
人人幸福安康
我借一块肥嫩的牛肉
祝雪域各族儿女
生活富得流油
祝我工作的小村庄
财源浩如澜沧江
我借一块藏香猪肉
祝高原所有的居民
全年都高兴开心
祝我工作的小村庄
五谷丰登牛羊肥壮

我借满桌的荤素佳肴
祝西藏所有的城乡
前景灿烂如阳光
祝我工作的小村庄
和谐平安荡漾吉祥
祝我们工作队员
以累累的驻村硕果
幸福地与家人团圆

村中过藏历新年初一

早晨一起来
所见太阳圆圆
治安队员巡逻完
便给工作队拜年
村中没有外来人员
大人孩子开心过年
在太阳升起的时候
每家国旗都挂在房前
贫困户扎西
热情邀请我们去他家
瓜子水果饮料摆满在
四个领袖像下
他脸上笑得乐开花
口称这么丰盛的物品
都是政府帮助买回家
工作队辛苦了
一定要喝酥油茶

走完东家
又被请到西家
银光闪闪的酒碗
青稞酒斟得满满
喝完三口必须干
老村长更是热情非凡
动员全家的人
酒劝了一碗又一碗
趁着酒酣话起发展
工作队带来七座桥
致富的道路多七条
动员村民投工投劳
又给我们送来钞票
还要为贫困户发牦牛
在半山腰上修水窖
件件实事办得好
帮助我们走上了
告别贫困的小康大道
一定要感谢上级领导
把驻村工作队派到
为我们带来了发展
为村庄带来了希望
为所有的人带来了欢笑

感知小山村

我没有资格抱怨
饲草与牛粪羊粪

零乱地摆在庭院
自来水通到家里
孩子仍然蓬头垢面
我没有理由责备
该读书的少年
被带到草原
拿起了牧羊鞭
把祖先的生活
在新时代重复一遍
我没有底气禁止
老迈的牛羊
蹒跚在草场
不断增加的牲畜
快要把草根啃光
我没有激情谴责
古老的习俗
残存在村庄
拖住文明的花朵
迟迟难以绽放
历史的积淀
需要历史的洪流
冲刷自己的河床
让时间把污泥涤荡
每一代人都在历史中
获取力量和文明
怀旧属于正常感情
每一代人都要告别历史
创造属于自己的文明
忍痛割爱锐意创新

顶着压力阔步前进
才能对得起祖先
无愧于子孙
村庄已有垃圾堆放池
废旧电池包装纸
在孩子们的手中
已经不再随处扔
人们已经习惯太阳能
愉快地告别酥油灯
生病请喇嘛念经
越来越不通行
感冒发烧找医生
打针吃药才放心
遇到矛盾与纠纷
请法官依据规定
把道理是非断明
私了往往成笑柄
文明户的一颗星
牵动着村庄的神经
比别的人家少一颗
无论如何也不甘心
前进的力量在上升
不断吹开落后的浮尘
鲜花与垃圾杂陈的小村
看似灰头垢面的人
怀中揣着的是菩萨心
时代的大潮
光明的前景
引领着偏远的山村

不断更换陈旧的衣裳
变得如春雨后的山林
嫩绿迸发荡漾着清新

村中抒怀

高原驻村喜逢藏历佳节
白云相伴飞度关山月
骏马驰骋未曾停歇
登高一览边陲色
助推乡村跨越
我辈当豪杰

登巴之歌

美丽的登巴山村
飞凌觉巴山的险峻
携带东达山的雄浑
一群群大山的子孙
胸怀着雄鹰的豪情
把太阳的步伐紧跟
美丽的登巴山村
松柏青冈林绿涛滚滚
溪水透明日夜淌歌声
勤劳淳朴的山里人
放牧牛羊忙于农耕
生活如花美满温馨

美丽的登巴山村
星似宝石月似水银
万家灯火与碧天辉映
夜来幸福的人们
生活在人间仙境
啊
如诗如画的登巴村
我愿成为一片白云
与你相随相伴终身

登巴姑娘

登巴姑娘
心中那样阳光
笑容桃花一样
眼睛明如月亮
赶跑所有忧伤
到过无数地方
最动情最难忘
就是美丽的登巴姑娘
登曲河水哟
请一定帮忙
让相思的泉流
渗进姑娘心房
牵起她的巧手
编织相亲相爱的网

仙子聚集的地方

登巴峡谷的姑娘
美丽异乎寻常
她的眼睛
是清泉一汪
她的笑脸
是雪莲绽放
她的纤腰
白云一样流畅
她在牧羊
草原不再荒凉
她在收割
土地一片金亮
她在洗衣
快乐水中流淌
一个登巴姑娘
扮靓整个村庄
一群登巴姑娘
让远方的客人
误以为进入
仙子聚集的地方

观登巴村民跳弦子

穿上最漂亮的衣裳
银饰宝珠闪闪发亮

摘下遮风挡晒的面罩
平日辛勤劳作的村姑
也有白若雪花的肌肤
戴上崭新的皮帽
庄稼汉子一改憨厚形象
显露出王子般自信骄傲
没有豪华的舞台
没有伴奏的旋律
双手相互拉起来
跳上弦子花样欢快
男声高昂雄浑
女声悠扬清丽
转身如风吹过水面
踏步如涛震动大地
积累了一年的欢乐
随着歌声从心中
飞向辽阔的天空
酿造了一年的甜蜜
随着笑容从眼睛
流淌到村庄里
盛世逢佳节
歌声最能表达
农牧民对党的感激
对幸福日子的珍惜
小康扑面来
舞步最能体现
山里人创造新生活
追赶时代大潮的豪迈
跳呵

跳出大山的气势
唱呵
唱出雄鹰的壮志
是龙必腾飞
是凤必展翅
新农村新农民
以豪迈歌舞
展示着边陲的和谐稳定
书写着充满乡土气息的史诗

登上欢乐吉祥的舞台

天为帷幕太阳为灯光
山为背景风为音箱
舞台就是平地一方
庆祝藏历新年
全村人把弦子跳上
狐皮高帽头上戴
金黄藏装穿起来
银色刀鞘挎腰间
还要背上银龛中的佛
一展康巴汉子的气派
在弦子的圆圈舞台
尽显强健奔放豪迈
彩色饰物辫上盘
玛瑙珊瑚为项链
细腰束上白银带
银线银珠缀起来

舞步一起声悦耳
长袖飘飞乱云彩
辛勤劳作的妇女
欢度起传统节日
美丽温柔如柳丝
在春风里迸发出来
一张张笑脸那样开怀
展示的是生活充满爱
一句句歌声那样甜美
称赞的是小康社会
财富累累汇成堆
都说西藏是歌舞的海洋
从未感受过海洋里面
旋律和音符如此欢乐
如此昂扬充满吉祥
小山村中的歌舞一台
无主角无明星无崇拜
欢快却如阳光
洒在村民心上
欢乐又如热浪
从每个村民的心里
激越地奔涌出来

把辉煌写在高高山冈上

家就住在高山顶上
艰难地在斜坡地里
种植青稞收获口粮

靠山吃山乐在其中
黏土木料构筑楼房
一层安居着牛和羊
二层卧室厅堂敞亮
三层打谷晒粮蓄藏
一座房兼备生活饲养
是座浓缩的农家工厂
耕地下方林立青冈
固住土地挡住塌方
木槽如网泉水流淌
无声滋润庄稼生长
大山里面尚有牧场
夏季花开放牧牛羊
丛林之中生出野菌
妇孺采集天天繁忙
一条羊肠小道连接
深山外面的大世界
遇水架桥遇崖绕过
山中物产山外用品
全靠人肩马匹送运
鞋子磨破了不知多少
终年劳累着双脚肩腰
森林之上生活的人们
忙碌着农牧采集搬运
不知付出了多少艰辛
新年进入他们的家门
大人小孩都笑容盈盈
不见生活艰辛的愁云
品上茶喝起青稞酒后

沉默寡言的村民组长
话匣一打开便不可收
政府帮助建好安居房
解决了头等大事一桩
电线牵到了房子里
洗衣机电视冰箱全用上
眼界不广的山中人
再也不用白天晒太阳
晚来只看星星和月亮
祖先为我们选择一块
山上艰难生活的地方
现在遇到了好时光
不得温饱的穷日子
已被惠民之风吹跑
农牧民的生产生活
如花朵在春风中笑
小康日子迈开脚步
十匹马都拉不回去
缰绳就在自己手上
温饱之后提升质量
山上鲜花林中飞鸟
天上云彩星星月亮
都要绘在自家的墙
还要挂上领袖的像
共产党恩情永不忘
站在山顶放眼四望
勤劳淳朴的农牧民
把沙石之地变成粮仓
把对生活的自豪期盼

镌刻在自家的楼房上
时代激发的创造力量
让种地放牧的粗犷乡民
在峡谷丛林放飞理想
把辉煌写在高高山冈

幸福之花绽放心灵

穿上节日的盛装
公主一样漂亮
弹起心爱的二胡
曲调流水一样悠扬
跳起欢快的弦子
舞步白云一样流畅
嗦——亚啦嗦
唱出心中的欢歌，
甜蜜清泉一样流淌。
热情豪迈的曲登人，
以花的笑容，
告别昨天的时光。
跳呵，
在阳光下携手起舞。
唱呵，
在星光下开怀高歌。
优美的舞步，
赞美的是大山深处的灿烂阳光。
嘹亮的歌声，
歌唱的是新农村的锦绣前程。

激昂的旋律，
高奏的是党政警民的和谐之音。
盛世逢新年，
勤劳勇敢的雪山鹰，
在弦子中焕发青春。

天上曲登[1]

山顶树木郁郁青青
招来一片片白云
公路如飘逸的哈达
从白云间蜿蜒而下
泉水穿村而过
把淙淙妙音留下
核桃树盘根错节
历经风霜欲吐芳华
白塔遐迩闻名
传颂着只要互相帮助
就能实现心愿的佳话[2]
房子依山临水
参差散落在沟壑山间
鹧鸪成群结队

1 曲登村位于西藏芒康县曲登乡，地处横断山脉腹地。

2 白塔指曲登塔。相传世界上有三座如意塔，一座在尼泊尔，两座在我国的云南和我所在的西藏芒康县曲登乡。民间传说，只要心诚，在曲登塔前许愿极为灵验。一瞎子在塔前许愿，期见光明；一跛子许愿，期正常行走。尔后瞎者跛子相遇，瞎子背上跛子，行走一程后，瞎子眼前一亮，青山碧水尽收眼底；跛子也觉腿脉舒畅，立于地竟能行走如飞。

在斜阳下纷飞
灯光点缀山野
与天上的繁星争辉
北斗七星猎户星座
璀璨明亮
似乎一伸手
就能摘到
其中的任何一星
夜色中的曲登
恍若仙境
犹如一座天上村

跳弦子的村姑[3]

银饰盘辫丹凤眼
短袄长裙彩邦典
黑靴银带珍珠链
盛妆欢聚庆新年
拉手开心跳弦子
二胡悠扬舞圈圆
依曲缓步裙裾飘
耸肩踏步柳丝腰

3　弦子是流行于西藏昌都地区芒康县的民间歌舞，不分男女老少，手拉手围成圆圈，一些人拉着二胡，边跳边唱，其他人亦随之起舞。歌唱分男声女声，此起彼伏，类似对歌，男声雄浑高亢，女声清脆悠扬，内容多为欢聚、爱情、赞美自然、歌颂父母之恩等。我请乡里的多吉同志为我译了其中的一首歌，大意是：年轻人相聚很难 / 弦子能增加我们的情感 / 为了避免后悔 / 跳起来吧 / 唱起来吧 / 相聚的弦子 / 我们大家都喜欢。

明眸顾盼秋波飞
歌声清脆动心弦
笑靥露出娇如莲
疑是嫦娥到人间

参加登巴村庆祝西藏百万农奴解放纪念日设立三周年活动有感

又是一年一度春归来
三月柳丝吐绿桃花开
登巴人沐浴在
明媚的春光里
庆祝自己的节日
喜悦满怀
军民共建
把鱼水深情推向更高境界
创建倡议
展现新农民新风采
男女老少笑逐颜开
组队开展弦子比赛
妙若天仙呵
姑娘们把手拉起来
强健有力呵
小伙子们飞弦踏步来
高亢雄浑呵
康巴汉子们以歌声
抒发心中的欢快

激越悠扬呵
村姑们以歌唱
表达对生活的热爱
跳呵跳出无尽的幸福
跳出时代的豪迈
唱呵唱出甜美的歌声
唱出对灿烂明天的期待
新农村新面貌新农民
西藏已进入
百业俱兴的新时代
昏鸦迷恋旧枝枯树[4]
怎奈何
千树竞绿百花竞发
春潮遍地来

雪后登巴村

碧空如洗
朵朵白云似浪花飞奔
太阳灿烂夺目
照耀在东达山顶
山顶上白雪似银粉
光芒四射
让人睁不开眼睛
棵棵树下雪洁如玉
松柏挺拔
山色更翠青

4　达赖集团企图否定伟大的民主改革，妄图在西藏复辟封建农奴制度。

连曲东流去
水声潺潺
妙如黄鹂声
柳树婷婷
枝条鹅黄嫩
雪的微凉柳丝的清新
随风而来
丝绸般吹拂着我的身
安居房上
杆杆五星红旗
高高飘扬在蓝天白云下
雪后的登巴村
不见灰尘
青山蓝天飘白云
恰似刚出浴的美人

横断三月[5]

横断三月雪
日出化为水
桃花拥春绽
残云随冬归
蜂蝶戏枝头
清风来相随
斜阳映雪峰
宿鸟投林中
农舍炊烟起

5 横断：指横断山脉。

村童散游戏
独有驻村人
日暮尚调研
弯月细如眉
清辉伴人归

登巴村要文明

登巴村
不闻名
东达山
觉巴山
险峻天下闻
登巴村
好风景
春来柳丝嫩
桃花羞彩云
登巴村
要文明
小手牵大手
共做文明人
共建新农村

深山涧中的桃花

我生在大山深处
伴风霜雨雪长大

冰雪覆盖在身上
当成二次花绽放
寒冷凛冽无所惧
冰雪交加挺直身
为的是在春风里
一吐芳华
让人羡慕
让人倾倒
让人惊艳
让人依依流连
那些公园里的梅
刚开出一朵小花
就引来阵阵惊讶
那些庭院中的柳
稍绿一点的条枝
就被夸为
嫩如黄金柔如丝
那些路旁的梨树
才开出白色的花
就被誉为
西子浣出的纱
我的同类成为盆景
就被捧为
春来桃花妒杀人
我把粉红色的花瓣
开放在和风丽日下
不见惊喜
不见赞美
不见人夸

只有清风与我相伴
只有明月俯视着我
朦胧中的孤寂模样
只有蜜蜂在枝头歌唱
只有溪水映出我的形象
我向溪中看
原来自己艳丽若云霞
只可惜我是
大山深涧中的桃花
只能自开自艳
最终化作落英逐浪花
玉殒香销没泥沙
我欲乘风再来
不妒柳丝百花
笑迎清风明月
在深山幽谷间
把清芬艳丽
自由尽情挥洒
我要做一万年
大山深涧中的桃花

观登巴村桃花

谷底观桃花
人在花丛下
千里不思家
路上观桃花
千枝万朵收眼下

灿烂若云霞
村中观桃花
青山映鲜花
绽放丽日下
细雨之中观桃花
风怜泪西施
红颜更多姿
登巴峡谷中的桃花
粉白暗红丰满柔密
美艳天下无可匹敌

谒盐井文成公主庙[6]

澜沧江川流不息
洗去多少人世铅华
古往今来
数不尽的公主
湮没于历史尘沙
岁月逝去了秋月春花
却把文成公主美丽的名字留下
你仪态万方步履轻盈

6 文成公主庙位于芒康县上下盐井之间的扎谷西峡谷，金顶红墙，2007年由当地信众自发修建。庙内有一珍贵的岩石，最初由峡谷山腰处坠落谷底，长掩地下，后被人掘出。岩石上有一组石雕，刻有松赞干布、文成公主、尺尊公主、禄东赞的形象。据藏学研究中心历史宗教研究所陈庆英考证，是唐赤松德赞时期，传说于文成公主进藏时，由能工巧匠精心雕刻而成，与芒康境内大日如来殿的石雕系同一时期，距今已有1300多年的历史。在文革期间，石雕遭到部分损坏，但纹饰、冠服、带履等依然十分清晰。

从盛唐气象中走来
从繁华的长安
走到善妙之地芒康
走进日光城拉萨
你的事迹融入雪山
矗立在蓝天白云下
你的美丽融入草原
春风里盛开
朵朵格桑花
你的故事融入森木
成为晨曦中
百灵鸟竞相
传颂的佳话
你的善良融入天空
伴日月星辰闪烁光华
凌烟阁中
大将们的耿耿武略
而今何在
澜沧江边
又是一年一度
和风吹绽百花
柳丝飘扬在
明媚的阳光里
如你的长发
桃花笑迎春风
如你的秀颊
老少妇孺景仰你
为你献上哈达
文成呵

你是千古第一公主
是雪山上永远
盛开的雪莲花

观峰云

峰无云
矗立霄汉伟岸孤冷
云无峰
唯作花絮四处飘零
峰举云
群山万壑激情奔腾
云绕峰
绵绵无际激荡柔情
丽日照耀山峰
云向山上洒下一片清阴
微风吹拂云裾
峰向云彩献上一根泊绳
行走西藏高原
有峰就有云
有云峰空灵
峰拥云云绕峰
缠绵荡天空
纤纤情愫起心中

登巴松

不羡春柳鹅黄嫩
不慕夏荷别样红
不比秋菊黄如金
不倾冬梅白似银
不分春夏与秋冬
任尔东西南北风
默默挺立大山中
不改青翠登巴松

梦想

我有一个美丽的梦想
在大山沟里
拥有一小片
自己的牧场
伴随着清风白云
在四季里放牧牛羊
春天听着泉声
让心情在清溪中流淌
夏天赶着牛羊吃草
花香在空气中飘荡
秋天修理好牛栏羊圈
秋风把草场扮得金黄
冬天喂养好牛羊
一家人围坐在炉火旁

明月挂在雪峰上
心无烦忧洁似月亮
护佑牲畜一心种草
牛犊羊羔出入成行
以老牧民淳朴的心
充分感受党的阳光

晴空下

晴空下
峰峦如涛
松柏挺直腰
河水清清
倒映着蓝天
波光送走白云
隆冬季节
登巴日日晴
不见飞雪不见风
灿烂的阳光
沐浴着全身
仿佛心中
点燃了一盏
明亮温暖的灯

晨起

见到第一缕阳光
感觉是那样的金亮

雾霭隐现在山冈
似乎带去往日的繁忙
天上的蓝色
让我想起了
少年时代读过的童话
一只小鸟抖动着翅膀
从晨风中轻松飞过
远方的山峰
飘起白云朵朵
我行走的路旁
树木历经沧桑
根古朴枝苍劲
一种力量一种清新
伴我开始新的征程

村桥

河水可疏不可堵
村民出行无道路
此岸隔水过不去
彼岸望河过不来
水流悠悠泛清波
双脚无法渡过河
垒起石头作桥墩
砍来大树作桥面
洪水一来桥墩倒
大树随流河上漂
可怜村庄成孤岛

日常用品运不进
蘑菇山鲜白烂掉
村民心急如火燎
上级派驻工作队
项目首列架村桥
村民闻迅来投劳
劳务分文也不少
钢筋水泥铸桥墩
桥面水泥沙石浇
河水到此不骄傲
无言流去静悄悄
拖拉机摩托唱欢歌
日用山货不须驮
村童过桥诵古诗
春来江水绿如蓝
一桥飞跨河两岸
党和政府送温暖
日照河水亮晶晶
党心紧连人民心

澜沧江赋

你从雪山走来
带着冰川的晶莹
你从草地走来
带着鲜花的芳香
你从峻岭走来
带着险峰的气势

你从丛林走来
带着苍松的风骨
巨石阻挡不了你的脚步
一往无前
万朵浪花飞溅
峭壁断绝不了你的道路
飞身而下
激湍与日月争辉
弯急迷失不了你的方向
顺势而去
巨澜滚滚
冰雪泯灭不了你的热情
日夜涌流
浪涛吟唱着动人的歌
横断山因你而更加伟岸
大森林因你而更加明媚
康巴汉子因你而豪情万丈
昌都女人因你而柔情似水
你的涛声融入草原苍凉的牧歌
你的气势汇入弦子激昂的舞步
你的清澈渗入姑娘多情的明眸
你的奔放注入少年多彩的憧憬
你是水
清波涟涟浩浩荡荡来自天
你是江
穿石越岭纵横奔涌任倜傥
你是源
清流汩汩滋润牧场万顷田
你是电

汇聚巨力助推山村换新天
你生在深山心在大海
突破重围冲出峡谷阔胸怀
百折不挠是你的坚韧
一泻千里是你的豪迈
你的品行你的执着你的坚定
如旭日之光荡漾在横断山脉
激励着百乡千村数十万人
纵马跃过千重山万重岭
摘取天上那颗最亮的星
书写茶马古道崭新的历史
创造新时代更加辉煌的文明
澜沧江啊
你是江中的伟丈夫
我深深地爱着你
永远追随着你
迎着困难向着坎坷
放声高歌浩荡奔腾

日出登巴

日出多龙山
光芒耀雪岭
宁静的登巴村
从夜的酣睡中苏醒
沐浴着一片光明
牛羊出圈一群又一群
收拾庭院的

是忙碌的女主人
村姑拧开水龙头
清水映日亮莹莹
淡蓝色的炊烟
冉冉冒出房顶
在晨风中
舒展曼妙的姿身
鹧鸪从树顶飞过
空中留下一行行剪影
时尚青年发动起
心爱的摩托车
身后坐着心上人
音响播放着
欢快的流行歌曲
一路歌声奔向县城
让亮丽的婚纱照
见证浪漫的爱情
男主人一边品着酥油茶
一边看着电视新闻
茶足饭饱之后起身
驾上拖拉机
向地里运送羊粪
小村童背着大书包
脖子上戴着红领巾
一边走路一边蹦跳
时而唱歌时而嘻笑
高高兴兴把学上
晨霭不知不觉中散尽
太阳灿烂照在山村

绿波涌起在
无际的青冈林
连曲河水清清
送来潺潺妙音
阳光消融着
河岸边的薄冰
农闲时节不见闲人
牧羊女尾随着
吃枯草的羊群
拖拉机运来石块
斜坡上加固田埂
羊肠小道上人来人往
一些人砍伐枯树枯枝
一些人忙着打捆搬运
五星红旗飘扬在农舍
似乎在默默凝视着
辛勤劳作的人们
用与旭日同辉的鲜艳
悄悄护卫着
登巴的安宁

山中人

生在深山小村
拥有无限风景
居室土木筑成
装饰日月星辰
劳作的时候

双手沾满尘土
头顶飘过片片白云
疲倦的时候
盘腿坐在草地
泉水送来阵阵琴声
牛羊不知还家的门
野花开放铺满了小径
小本本记下惠民大事
村上送来太阳能电视
地中庄稼草场上的畜
件件补助安心农牧
孩童上学不用花钱
读书认字掌握知识
小小少年走出山村
内地求学远赴都城
忙碌了一天回到家门
牛群归栏小羊入圈
煮上牛肉炒好蔬菜
吃罢晚饭走上屋顶
仰望天空数着星星
北斗凌空闪烁晶莹
斗下座落着北京城
城中孩童读书发奋
报告情况手机短信
爹妈勿念万万放心
学习成绩位列头名
圆月升上高高山岭
洒入窗口清辉如银

安然酣睡进入梦乡
笑容盈盈挂在脸上

星空下散步

不见明月
只见满天的繁星
猎户星座雄居夜空
北斗七星光华闪烁
数不清的小星星
神秘地向人眨眼睛
似乎在传递
天界的信息
一缕风吹动我的头发
也搅起我的心绪
浩翰的夜空
隐藏着多少奥秘
星星在静静的夜色里
为我送来神奇的
天外妙音
顿感杂念尽失
浑身一片空灵

登巴的白云

登巴的白云
是蓝天的精灵

是雪莲花盛开后
冰晶玉洁的化身
白云的颜色
透露出少女的纯真
白云的飘逸
凝结着少年
对洒脱自由的追寻
白云的自如
传递着宇宙的和谐
白云的自在
展示出高原之子
对生活的热爱
白云朵朵
是我心中的赞歌
朵朵白云
伴我度过夏秋冬春
赋予我奔放的激情
铸就我高洁的灵魂

永恒悄悄放入心间

忘不了啊
满目的青山
无际的绿涛
亮晶晶的雨丝
真想再见一眼啊
广袤的草原
低垂的地平线

伸手似乎可触的天
冬天如金的大草原
成群的野驴野牦牛
溪边喝水的藏羚羊
经常光顾我的梦乡
在荒凉簇拥下
蔚蓝色的大湖
涌起的连绵波涛
是否还在与高山笑傲
星星点点的野花
草尖般柔软的风
是否还在陪伴卓玛
打出醇香的酥油茶
雪线之上
雪莲花是否如期怒放
苍鹰是否在雪峰上
把凌云之志挥洒
半山寺中
请我吃饭的老喇嘛
是否正在祈祷弘法
行走万里高原
不虚双眼所见
微躯承载有限
挥之不去的
是数不清的爱恋
割舍不断的
是刻骨铭心的挂念
我的生命有限
魅力无比的西藏高原

是你把那么多的永恒
悄悄放进我的心间

挥挥手

水从岩石上流走
风从小草上吹过
云从蓝天上飘去
日月从晴空中滑落
带来多彩的景象
一丝痕迹也不留
瞬间就是永恒
过程胜于结果
我也终日忙碌
奔波在大山深沟
见到无数的奇景
带不走彩云半朵
道别遇见的锦绣
笑一笑挥一挥手

冬天牧云

水冷风冷空气冷
天上布满厚厚的云
水滴在衣上
一会儿便凝结成冰
走过河上的冰层

到那圆圆的山上
放飞自己的心情
冬天牧云
不见霞光映长虹
唯见冰凌闪闪
雪峰皑皑撑低空
寒气无边透过胸
一缕缕阳光杀出重围
厚重的乌云渐渐后退
最终消失在天边
白云成堆
状若棉朵羊群
雪峰之上来布阵
风起云阵散
心动云起舞
仙子的裙裾
飘扬在雪峰
蓝天是巨大的舞台
云朵翩翩演歌剧
风传送着云儿
清丽的歌声
雪山似灯光
映照着云儿
曼妙的身姿
云儿在尽情地舞蹈
展示冰晶玉洁的史诗
梦幻般的云儿
牵动着心弦
灵魂飞向高空

与云儿一起舞动
污垢脱落不染纤尘
冬天牧云
牧去的是心中的寒冷
丢却的是孤寂沉闷
永远牧不去的
是少年时代以纯真
与云结下的不了情

赠洛桑土登

蓝蓝的天
白白的云
大雪覆盖在高山顶
山顶之下有松林
松林里面是羊群
羊群吃草风唱歌
连曲河水泛清波
这就是横断山深处
美丽的登巴山村
快乐地生活着
小小少年洛桑土登

冰情

都说我冷漠
凝固了水的热情欢歌

都说我无情
终结了水的美丽波纹
都说我势利
助长了寒风的凛冽
殊不知
冷漠只是我的外表
我的灵魂向往光明
不管天气再冷
给一点阳光
便能编织出灿烂晶莹
无情不是我的真心
我把水的流畅
化为固体的音乐
将波纹瞬间的美
塑造成立体的永恒
势利是对我的误解
顺势而为无色无形
是水永远不改的本真
我聚集起寒冷
风的威猛就减轻一份
我通体透明
映照天上的彩云
让一切污垢
无处藏身现出原形
我寒气逼人
但有一颗滋润万物的心
为了春耕
我化作汩汩清泉
一路吟唱着春天的赞歌

一路灌溉着土地良田
冬天我是冰
夏天我是水
炎热在我面前倒退
我以行动证明一切
不需要廉价的赞美
我在四季中坚守岗位
对与错是与非
任人去评说
只是把一片真情
紧锁在玉壶之内

期盼

朵朵浓云纠缠太阳
风吹动着云层
阴晴捉摸不定
深山沟中
沉睡着冰川
送来阵阵寒冷
太阳摆脱乌云的时候
光线特别灿烂
眼睛一亮
看见白白的雪山
不禁打起了寒颤
无际的青冈林
承接着太阳
若明若暗的照射

激起对春天的思念
期盼云层快快散尽
期盼太阳毫无遮拦
挥洒温暖的激情
让寒冷随风而去
让春天步入草原
走进大森林
让所有的人
脱下笨重的冬装
离开空调取暖器
轻松漫步在
鲜花盛开的地方

善妙之地
——芒康印象

康巴汉子的故里
崇山峻岭高高耸立
大江在峡谷中奔腾急
茶马古道的故事从这里
向万里高原深处不息传递
悠远苍茫峻俏伟岸秀丽神奇
这就是芒康
世界上的善妙之地[7]
这里的神善
达美拥女神

7　芒康：藏语意为“善妙之地”。

放弃天界的尊贵
为瘟疫折磨的生灵
洒下起死回生的泪泉[8]
这里的人善
德格·格桑旺堆
顺应国家民族大义
毅然率部揭竿而起[9]
这里的百姓爱国感恩
在自家的房顶
挂上鲜艳的五星红旗
用一颗淳朴的心
献上对共和国的热爱
这里的干部心系人民
察民情解民难惠民生
大力建设新农村
万马齐奔腾
达美拥女神见此亦吃惊
这里的道路险峻
人在地上耕耘
车在云间飞奔
国道省道县道乡道村道
交错纵横
联通高山草原森林

---

8 民间传说达美拥女神是梅里雪山的第三个女儿。很久以前，盐井曲孜卡一代瘟疫成灾，百姓无力医治，女神心生怜悯，垂泪化为108眼温泉，供百姓治病。因参与凡间琐事，触犯天条，女神被贬凡间，化为雪山，立于曲孜卡之后。

9 1950年10月12日，藏军第九代本德格·格桑旺堆在芒康率部起义，人民解放军解放了宁静、盐井。

方便农民牧民游人出行
天堑变坦途
高原一道亮丽的风景
这里的山势雄伟
峭壁立于万丈深渊
雪峰挺拔而崔嵬
长剑入云天
这里的沟壑妙不可言
树古朴溪清澈
瀑布似哈达自天而下
春来百花乱云霞
这里的人多彩多姿
喝起青稞酒
三碗作一口
骑上白骏马
萧洒走天下
扎上红头绳
拉起三弦琴
跳起弦子舞
洒脱似流云
矫如雪山雁
这里的人满怀壮志豪情
勤种“口袋”地[10]
云下牧羊群
爱护大森林
建设小康村
携手重庆市[11]

10　芒康地处高山峡谷，土地多在坡上，像口袋挂在山上，称“口袋”地。
11　重庆是对口支援芒康的直辖市。

协力建文明
至善至妙啊
神善那是寄托站人们
善良愿望的美丽传说
人善有历史事实为证
民善天天都有故事发生
安居房小康村
无不篆刻着
执政为民的公仆情
大善无垠
人杰地灵
勤劳勇敢的芒康人
以开放的胸怀
以金沙江澜沧江
浩荡奔流的气派
向天空放飞理想
在大地播撒希望
修道路筑大坝建电站
兴水利建安居美环境
办三产畅物流强旅游
弘扬传统改革创新
倾心打造藏东南第一重镇
今日的芒康
挟三省通衢之优势
乘全面建设小康社会之东风
正在逾峡谷攀高山
万众一心攻坚克难
奋力推进跨越式发展
迎着中华复兴磅礴升起的旭日
书写更大更高更新更动人的善

祝福高原

清晨
我把最动听的语言
寄托给太阳
祝福高原上的人们
生活幸福安康
中午
我把最真挚的情感
寄托给白云
祝福高原上的人们
生活和谐宁静
傍晚
我把最美妙的歌曲
寄托给河流
祝福高原上的人们
生活快乐无忧
深夜
我把最美丽的诗篇
寄托给星星
祝福高原上的人们
生活充满温馨
我的祝福
超越了时空界限
阳光在重复着
一缕又一缕
云儿在重复着
一卷又卷
风儿在重复着

一遍又一遍
星星在重复着
一点又一点
我的祝福
是春风里绽放的花蕾
芳香四溢无际无边
盛开在万里高原

感谢西藏

我不责怪你高寒缺氧
在地球的第三极
让我沐浴着世上
独一无二的灿烂阳光
在我的性格里
注入向往光明的特征
让我的心间
光彩四季流淌
我不抱怨你条件艰苦
经历过寒冷风霜
我体会到了
冰天雪地中
牛粪炉的温暖
草原深处帐篷里
酥油茶的香甜
新鲜牛肉的味美
让我懂得了一日三餐
最需要的不是

豪华的大餐盛宴
只是赶走饥饿
所需的那么一点点
我不嫌弃你薪酬有限
攀比发达地区
不是我的理念
你对我的馈赠
远远超出了我的贡献
让我一个月的薪水
超出全区农牧民
年人均纯收入的一倍
农牧民是何等艰辛
何等劳累
只有用报答消除惭愧
我不苛求你眷顾不到位
让我离开城市来到乡村
在深山峡谷中奔波
看不到电视用不上电
而我却看到了
真实的农村
结交了淳朴的农牧民
理解了执政党的根本
三百六十五天的经历
超过机关十年写字阅文
足够回味一生
我不奢望你一夜之间
彻底告别落后一飞冲天
我看见你一天天在变
农户房顶上的五星红旗

晴空下是那样鲜艳
孩童朗朗的读书声
回荡在杜鹃盛开的校园
网络手机多媒体
正在拉近城乡的距离
内地流行的高科技
西藏也不再感到新奇
我天天看月月看年年看
观念跟着悄悄换
不觉韶华已逝年岁向晚
豪气顿从胸中起
欲为时代写壮观
魅力无穷的西藏
是你为我苍白的灵魂
注入丰富的内涵
是你让我枯竭的思维
充满鲜活的灵感
你的博大精深
我一辈子也解读不尽
享用不完
你给了我整个大海
我回报不了清水一碗
只能为你挂上
一页小小的经幡
内容全是深深的感谢
最美好的祝愿
让风儿帮助我
传遍草原送到农舍
还有那洁白如玉的雪山

让感谢化作清泉
渗入草场农田
让祝愿化作彩云
守望兄弟姐妹父老乡亲
年年丰收岁岁平安

感觉西藏

一提起西藏高原
没有经历过的人
感觉非常遥远
我在这里生活了
一天又一天
一年又一年
感觉是如此美好
甚至最丰富的语言
也表达不了多少
这里的雪是那样白
白得不敢相信
它是天然产生
这里的冰是那样大
大得几乎填满山谷
剔透又晶莹
这里的水是那样清
清得能当梳妆镜
鸟飞都要留下影
这里的野生动物是那样多
多得结队成群数也数不清

游人在它们面前都要让行
这里的天空是那样蓝
蓝得让人忘记了
自己是身处陆地
还是置身海湾
这里的云朵是那样洁
洁得让处子的肌肤
也相形见绌黯然失色
这里的星星是那样亮
亮得让人忽然想象
那是外星人生活的村庄
这里的山是那样高
高得如长剑直插云霄
峰峦相连激起万顷波涛
西藏的感觉实在太多
多得如夏季草原上
竞相盛开的无名花朵
一年又一年
一天又一天
天天都有美好的感觉
从眼睛流到心窝
年年都有抹不去的感觉
在脑海里流淌成河
我在这里的物质生活
谈不上仓实库满富得流油
常常要问明天还剩下什么
但我从来没有因此而犯愁
望一望天空看一看山峦
幸福的感觉便悄然起心端

我宁愿舍弃豪华的别墅洋车
用心拥抱这里的白云蓝天
我不稀罕沃土万顷的良田
宁愿放牧在这里的荒漠草原
我不羡慕财富滚滚的大都会
一心爱恋着这里的一泓清泉
这里的一山一水一草一花
都能给我的生活带来光华
赋予我的感觉像吸水海棉
把宇宙的道理一览于心间
头发可以变白身体可以老
凭着我从西藏获得的感觉
足足可以笑傲一切变幻

感知西藏

（一）

走进西藏
高高的雪山
摄人魂魄
无树的山脊
连绵不断的岩石
一片苍茫
金灿灿的太阳
让尘土都发亮
一派辉煌

无处不在的经幡
与风对歌
向人絮语
神秘又有趣
转经筒列阵古刹
手一推便转动
把心意传送
玛尼堆静卧在路边
吉祥语五彩图
嵌入形态各异的石片
顺时针转几圈
便可种下美好祝愿
不远千里的朝圣者
双手合十默念真言
磕着等身长头
似乎永不知疲倦
白塔座座随处见
寺庙多在半山偎
金顶日下起光辉
走过台阶进入佛殿
主佛位居庙宇中央
端坐沉思面容慈祥
弟子依次列在两旁
文的诵经武的持械
壁画精美祥云飘荡
置身其中恍若世外
飘然进入净土一方
我为这里的风光倾倒
我被这里的虔诚吸引

世上独一无二的美景
形态万千的宗教气氛
阳光下尽显独特魅力
气韵生动美若五彩云

（二）

同样的山川天空
同样的宗教信仰
社会制度不相同
信徒命运大相迥
那个制度叫封建农奴
领主们只占百分之五
他们垄断了社会信仰
以神的名义支配农奴
地狱里的阴森恐怖
被搬到了雪域人间
慈祥的观世音活佛
法事用人的头盖骨
念咒语也不能缺少
少女腿骨人血人肠
一无所有的农奴
把所有的希望
寄托给慈悲的佛祖
他们在佛光普照之下
被领主卖掉
只值四块银元
命价更加可怜
只值一根草绳

喊冤要遭鞭笞
触犯法令法典
轻则断手割鼻挖眼
重则推下山崖投入水
终日劳作在领主庄园
倒头来粗糠野菜过年
穷得只能留下
自己的脚印
苦得只能向
自己的心里流泪
高高在上的大佛殿
平时实在难得一见
只有背水送柴支差
才能遇上佛爷一面
佛爷总是慈目善颜
就是不把农奴痛苦
带走一丝丝一丁点
一九五一年
共产党解放雪域边陲
一九五九年
农奴夺过领主手中的鞭
西藏从此换新天
山还是那些山
神还是那些神
水还是那些水
共产党来了苦变甜
昔日的农奴
拥有了土地草原
种上了自己的庄稼

放上了自己的牛羊
盖上了自己的新房
娶上了心爱的姑娘
当上了村长乡长县长
自己的事情自己作主
把命运紧紧握在手上
他们打心眼里感谢党
铁了心跟着党奔小康

（三）

祖先留下的信仰
也在血液中流淌
宗教信仰自由
温暖信众心头
高寒缺氧的大环境
经常光顾的雪灾地震
暴风雨大塌方泥石流
爬不上的山过不了的河
印证着流传久远的传说
山水有神万物皆有灵
向善得有一颗菩萨心
在高原上奔走穿行
常见村寨民居房顶
红旗与经幡一同飘扬
神龛之上挂着领袖像
美和善神与人融为一体
转化为精神的强大支撑
这里流行着信佛不杀牲

老迈的牛羊夹杂在牧群
屠夫宰杀牲畜遭到歧视
但吃掉别人宰杀的牲畜
从不困扰那颗慈善的心
平时温文尔雅不敢杀牲
怒发冲冠之时割肉的刀
也毫不含糊地砍向人
信仰与生存之需
理性与感情迸发
同样是一对矛盾
纠缠着同一个灵魂
为生存而奋斗
为信仰而祈祷
造就的文化多彩多姿
形成的习俗五彩缤纷
在西藏的高山草原田野
无论是城镇还是偏远村庄
到处都能见到
人与自然的对话
凡间对仙界的吟唱
去世之后享受
水葬火葬天葬塔葬
灵魂在水里
被洗得干干净净
在火中离开灰烬
乘上青烟到天堂
在高高的天葬台上
灵魂随着鹰翅膀
飞向极乐世界

毫无阻挡
在宝塔之中的灵魂
既享受涅槃之乐
又享受万众瞻仰
如果转世愿意再来凡间
就能按照所望
拥有荣华富贵
选择草原牧场
一生不愁钱粮
人创造了神
神顾不上人
人不愿刨根
一个人放牧在草原
一个人耕种在深山
神就陪伴在身边
带来了坚持的信念
艰苦的条件
一个人很难改变
向往美好生活
人心之所共愿
渴望幻化为花朵
转世的远水
等同于止渴的梅
这里是一方
奇思妙想的圣地
人与神同在
今生与来世共眠

（四）

历史的车轮滚滚向前
淡化了来世缥渺云烟
家家都有楼房一幢
掩映在树木花草间
一日三餐袅袅炊烟
肉类不是稀有食品
农牧生产补贴多
孩子上学不花钱
生病医治有免费
老来生活赖保险
公路修到村庄里
日常生活用上电
人在深沟峡谷里
不再依赖骡马背
人在草原更深处
放牧骑上摩托车
神佛端坐庙宇中
见此变化傻了眼
变迁变迁再变迁
西藏城乡换新颜
山沟里飞出金凤凰
农牧民子弟上学堂
工程师企业家公务员
来自大山沟
来自大草原
来自农舍间
如今不再多新鲜
淳朴的牧人

憨厚的农民
手机打到大都城
电话里面谈生意
网络上面忙交易
如今已觉不稀奇
西藏牧云三十年
天天在用心感知
天天都出新鲜事
步伐紧随太阳去
早起唯恐行动迟
可笑一人太无知
又是造谣又是滋事
乾坤倒转颂扬农奴制
没有见过世面的山民
都说这样做太无理无耻
这就是我在一个
大山中的小村庄
在蓝天白云之下
面对着灿烂的阳光
感知到的真实西藏

西藏赞歌

我没有百灵鸟的歌喉
唱不出动听感人的歌
但我手中的笔
能唱无数支歌
无论是痛苦的忧伤的歌

还是欢乐的幸福的歌
都能一展歌喉
唱尽千歌万歌
最喜欢的是赞歌
无数支赞歌中
最钟爱的一支
是赞美西藏的歌
这里的人们
以实际行动
让世界上
最缺氧的地方
不再冰冷苍凉
这里的天空
以碧蓝如洗
让世界上一双又一双
最挑剔的眼睛
感受高原之子的胸襟
这里的白云
以雪莲花的纯洁
让极度张狂
人欲横流的世界
感到一片净土的存在
这里的群山
以奔腾万里的气派
让置身深沟峡谷中
大大小小的村村寨寨
改革开放创造未来
这里的江河
以浩浩荡荡的清波

让习惯于传统的人们
大胆丢掉包袱
追求现代文明生活
这里的阳光
以最灿烂的辉煌
让健壮的柔弱的
一切世间有情
不再惧怕严寒坚冰
这里的明月
以最饱满的圆润
让处在别离之中
期盼团聚的人们
感受重逢的温馨
这里的星星
以一双晶亮的大眼睛
让黑夜泛起一丝光明
不再一片恐怖阴森
引领夜行者大步前进
这里的一切
都富有无以言说的内涵
一旦目光相遇
不仅是流连忘返
还有难以割舍的情缘
西藏的赞歌
今生今世道不尽唱不完
在我空旷的心中
注入源源不断的情感

西藏给我一颗善良的心

魂牵梦萦的西藏啊
你用悠久的历史
多姿多彩的风情
给了我一颗
坚持善良的心
我用它来体会温暖
歌颂正义光明
把身上的污垢灰尘
打扫得干干净净
无论什么样的黑暗
无论多么大的困难
都不停止前进
在邪恶势力面前
决不后退变心
挺起脊梁做人
你六十年的变迁
使我真正懂得了
什么叫邪不压正
善良天下无敌
是创造美好生活
唯一的通行证
你的和谐稳定
就是我的生命
我不需要任何利器
就凭一颗善良的心

决不允许任何敌人
损害你的头发一根

只买一把尺子

在繁华的大市场上
有人买了成堆商品
有人买走昂贵的金银
引来无数羡慕的眼神
我不知道家中缺什么
只买了一把木头尺子
上面的刻度清晰分明
我要用它来丈量历史
看看现在的我们
有多少超越了前人
我要用它来丈量时间
看看繁忙的我们
有多少年华虚度
我要用它来丈量空间
看看林立的高楼大厦
有多少面积浪费
我要用它来丈量良心
看看衣着考究的人们
道德处于什么水平
我要用它丈量自己
每天前进几分
每年长进几寸
我要把尺子放在心里

不使沾上一粒灰尘
不为防备商贩
缺乏诚信不讲良心
只为规范自己的灵魂
经不住诱惑自由放任
让情感的波涛
永远不失分寸

只做一滴水珠

不做一座大海
拥有巨澜滚滚来
不做一条大江
浩浩荡荡卷巨浪
不做一条大河
碧水涟涟泛清波
不做一条小溪
蹦蹦跳跳唱山歌
只做一滴水珠
里里外外都透明
在每一个早晨
承接太阳的光明
蒸发之后上蓝天
化作五彩云

口袋地

深山峡谷多峻岭
土地少见三尺平
勤劳顽强的山里人
为了粮食为了生存
不分河谷与斜坡
开垦土地见缝插针
一小块零星的耕地
散落在大山的坡岭
远看就像只只口袋
高高挂在山腰山顶
耕种收割的农民
如同神仙驾彩云
驻村与民同劳动
始识口袋地真容
土壤不过数寸厚
半为砂粒碎石头
一镐挥下震痛手
一阵大风卷起灰土
眼睛难睁满身尘垢
多亏砂石压住薄土
否则地中只有石头
坡度至少三十多度
双足难立双腿发抖
一旦滑倒就要打滚
划破皮肤算是幸运
亩产依赖老天下雨
丰年不过两百来斤

几块口袋地供养着
一个家庭和牛羊群
这就是深山峡谷中
最常见的基本民生
感叹开垦口袋地的先民
让农耕文明在大山扎根
他们就是高原上的神农
辛勤劳动造福子子孙孙
生生不息的山里人
以自己特有的方式
把远古的文明传承
瘠薄壤中播种生活
口袋地中描绘锦绣

惠民之风

惠民之风
吹到小山村
带来了春雨
滋润干涸的土地
禾苗发芽生根
原野一派清新
激励所有农民
辛勤创造好收成
惠民之风
吹到大草原
每一头牛每一只羊
吃草还能领到补助

保护自家的牧场
也能把工资领上
鲜花盛开的草原
处处幸福流淌
惠民之风
吹到大森林
实施天保工程
保护自己的树
拿着国家的银
乐坏了护林人
惠民之风
吹进农牧民家庭
照明首次告别酥油灯
洗衣首次告别搓衣板
燃料首次告别牛粪柴薪
文娱首次在家中看电视
饮水首次告别木桶背运
治病首次告别自己掏钱
养老首次告别依赖家人
出门首次告别骑马步行
首次太多数也数不清
件件都在改变着乡村
改变着农牧民的命运
生产生活水平全面提升
惠民之风
吹进农牧民心灵
报纸免费送到村
农家书屋亮眼睛
宽带网络传信息

电话手机带在身
农闲时节饱眼福
出门不需走几步
就能看数字电影
生活越来越有滋味
心情一天比一天精神
惠民之风
吹鼓农牧民的钱袋
雨后春笋般的合作组织
促成一桩桩一件件买卖
各种技能培训特色产业
让财富像江水涌流出来
劳动力转移全就业新政
万千家庭致富之梦成真
惠民之风
像一把梳子
梳掉了垃圾灰尘
改变了乱放乱扔
带来了绿树青草
鲜花掩盖了牛羊粪
把村庄打扮成美人
惠民之风
像一座天平
让淳朴的农牧民
称出了谁在害人
谁在一心一意为民
认清了达赖的狼子野心
惠民之风
像灿烂的阳光

让田野收获金谷
让草原牛羊肥壮
让畏惧寒冷的人
不再怕冰雪风霜
让向往光明的人
永远告别了阴影
让大大小小村庄
飘荡着吉祥彩云
让所有的农牧民
心中荡漾着温馨
惠民之风
大爱无垠
送走了落后
送走了贫困
带来了平等
滋养着文明
让每一个成员
有尊严地做人

小小心愿

我要把春风中第一条
吐绿的柳丝献给你
因为你把绿色的希望
洒向高山草原田野
让大大小小的村庄
沐浴着明媚的春光
我要把阳光下第一朵

绽放的桃花献给你
因为你把预示丰收的花
盛开在高原大地
让向往美好生活的人们
心中充满希冀
我要寻遍雪线
献上最美的雪莲
因为你引领风尚
让纯洁的泉水
流淌在人们心间
不断荡涤落后愚昧
在金风送爽的时节
我要献上果园里
最大最红的苹果
因为你让每个勤劳的人
都有沉甸甸的收获
不再背负穷困的衣钵
我要献上用最好的青稞
酿成的头道醇香美酒
因为你让所有成果
都由劳动者享受
丰收的喜悦
不再随风飘走
在万山红遍时节
我要献上一片
最红最浓的枫叶
因为你让所有耕耘者
历史性地实现养老保险
晚年不再战严寒斗风雪

无忧无虑地安享天年
一心为民的共产党啊
这是一个村庄的农民
在春潮萌动的大山里
用一颗朴实无华的心
向你许下的小小心愿

登巴赋

横断山脉赋予雄浑
深沟峡谷赋予险峻
登曲河水赋予清秀
松柏青冈赋予绿波
一轮明月赋予沧茫
满天星星赋予空灵
片片白云赋予飘逸
万朵桃花赋予浪漫
这就是美丽的登巴村
拥有人世间无限风景
上苍眷顾大山的子孙
松茸青冈菌味道鲜嫩
贝母虫草远近驰名
高山牧场盛产牛羊
畜品畅销酥油香醇
口袋地生长的青稞
酿出美酒甘润可口
登巴人最热爱生活
三层木楼天地人合

一层是牛羊的乐园
二层劳作后安然休眠
三层打场晒谷兼储藏
古朴与现代一应俱全
尽览青山绿水碧云天
置身登巴的山林溪水
明媚的阳光一扫疲惫
轻柔的白云卷尽憔悴
矗立的山峰挤却颓废
满目的绿涛带走劳累
清澈的流水柔如丝帛
足以将郁闷彻底击溃
还有含情脉脉的桃花
艳若美人红唇的杜鹃
受伤的心将得到抚慰
再住一下三层小木楼
品品山中的珍肴美味
让大山称一下自己的重量
让清风理一下自己的思维
让明月照一下自己的面容
让星星点一下自己的座位
一切难以忘怀丢弃的割舍
都将化作云变为烟成为灰
消逝在登巴的碧天山水间

认识你是我的缘分

世界上有无数的村

认识你是我的缘分
我在这里没有家庭
但肩负着责任使命
你的淳朴让我动心
你的善良让我动情
你的坚守让我崇敬
你的困难让我无眠
你的期盼让我发奋
我没有多大的本领
但我有一腔不了情
我要把安逸送老人
把快乐送给孩子们
向中年人送去温馨
向年轻人送上奋进
我要尽自己的所能
让你摆脱落后贫困
走向富裕和谐文明
我们由陌生到相认
再到相爱相亲相敬
为了这一旷世缘分
我一定把智慧穷尽
为你编织五色彩云
为你裁剪漂亮衣裙
为你保护草原森林
为你放牧马匹羊群
为你种植梅花迎春
让你在千万个山村
脱颖而出玉立婷婷
笑傲世上所有美人

面带灰土的美人

我看到你身上具有
如此多的美丽因子
和风中舞动的柳丝
浓缩了春天的柔嫩
娇艳欲滴的桃花
画出你的细腰粉面
高山之上的杜鹃
分明就是孩子们
天真烂漫的笑靥
壁立的云峰
把山势的险峻
送到苍穹
苍松翠柏
展示着每棵树
挺立生活的情怀
清泉汇入小溪
不舍昼夜流淌
向世人传颂着
横断山脉的爽朗
山水的灵秀
渗入到村庄
印在人们的心上
口袋地中的坚持
书写着一首
渴求温饱的史诗
透露出来的意志
坚定如崖石

土夯墙木柱房
吉祥图画绘在梁
四世共一堂
孝敬与善良
写在老人笑脸上
夏季牧场放牛羊
冬季转到房中养
人畜一同度时光
不惧寒风冰雪霜
辛勤三季备足钱粮
冬季房中享受太阳
过年过节一抒胸襟
弦子山歌挥洒激情
阳光碧水星月森林
四季伴随着小山村
生活渗透自然神韵
花开季节劳作耕耘
汗水中流淌着希望
飞雪时节放飞歌声
旋律中飘扬着欢欣
我也看到了你的灰尘
看到了勤奋之中
许许多多陈陈相因
尚未读完初中的女生
早早就嫁人
承担起家庭责任
目光看眼前
儿郎离校园
林下采野菌

稚手把钱挣
苦苦守在家门
只见田地一亩三分
不知山外山天外天
忙碌四季为过年
古老的生活节奏
不想去改变
你还是一个
面带灰土的美人
站在春天的门前
暖风已经劲吹
雨云已经来临
纷飞的雨丝无痕
正在悄悄把你浸润
那些灰尘
有的随风而去
有的融于雨珠
滴落于草根
一个目清眉秀的美人
渐渐出现在崇山峻岭

春潮

和风如柔软的手
抚摸着大地
带走了冰霜
带走了枯燥
带走了灰尘

雨丝纤纤
落地无音
鲜嫩的生命
一夜之间
冒出地面
带来一派明媚
大山换了衣裳
嫩芽嫩叶嫩苗
在阳光下成长
嫩绿如涛
势不可挡
淹没了枯枝树桩
染遍了所有地方
云白得透亮
天蓝得无疆
花蕾朵朵
在黑色的枝条上
不停息地绽放
清芬的气息
在村庄飘荡
姑娘脱下冬装
细腰柳枝一样
清晨赶着牛羊
到那青青的山上
勤劳的庄稼汉子
把黑油油的肥料
用锹搅拌进土壤
洒下的种子金黄
引来泉水汩汩流淌

在田地里轻轻歌唱
种子如听话的羔羊
拼足力气破土而出
苗秧在微风中摇晃
加入春天的合唱
丰收的希望
洋溢在土地上

妈妈的茧手

妈妈的手
长满老茧
抚摸我额头
那样温柔
妈妈的手
牵羊放牛
挤奶做酥油
供我上学在城里头
岁月如水流
学成机关留
终日忙工作
生活并无忧
闲来无事后
忽然起忧愁
最想亲一亲
妈妈的茧手

少女

第一次见到姑娘
稚嫩如同雪莲绽
在陌生人的面前
羞得只笑不轻言
我还与她戏语
这么漂亮的少女
一定要上学读书
可不要提前嫁人
第二次见到姑娘
来领护林员的钱
笑容已经不见
婴儿系捆在背
稚气尚未脱去
愁苦已聚眉间
时间只隔一年
为何有此巨变
再三追问缘由
始把迷底诉说
初中上了二年
刚过十六岁生日
花蕾含苞时节
蜂蝶羡慕鲜艳
媒妁舌巧如簧
父母被灌迷魂汤
女大终究要嫁人
家长之命难违抗
匆匆离开了学堂

糊里糊涂成了新娘
成为人妻之后
生子大事一桩
结婚不到一年
婴儿背在身上
家中的事地里的活
样样得忙碌
做完饭喂完奶
还要照顾牛羊
一群孩子
一群牛羊
几亩口袋地
大山之中
迎来太阳
送走月亮
就是往后时光
心中也有渴望
不想离开学校
只怨女人命苦
遇到浅见的爹娘
读书成为梦一场
说完这些之后
眼中泪水汪汪
我也不知如何
安慰她的愁肠

山村“三一零”前夕

明天又是“三一零”
山村依旧很平静
白天丽日悬碧空
五星红旗扬风中
晚上明月分外圆
家家户户灯耀眼
村民刚过藏历新年
牛粪羊粪农家肥
忙着送往自家的田
电话接到新指示
晚上也要把班值
村干部来到值班室
落实维护稳定措施
严防分裂主义分子
在敏感日子里滋事
我在阳光之下
彼在阴暗角落
万不可大意疏忽
树欲静而风不止
达赖集团贼心未死
必须严阵以待
挫败其跳墙之举
五十三年虽然过去
达赖集团从未放弃
在“三一零”还魂借尸
鼓噪封建农奴制
尽管成不了什么事

也要在世界上造造势
刺激一下他那个集团
迷梦一般的缥渺意志
再拉几个糊涂虫下水
为封建农奴制的祭坛
增加无辜的孤魂野鬼
如此黯淡卑劣的作为
山野村夫也瞧不上眼
他们认为美好的日子
决不容诬蔑破坏损毁
篡改历史美化农奴制
没有给雪域百姓带来
一片叶一根草的好处
分裂主义分子这么做
都缘于自大自私无知
“三一零”本是平常日子
百姓如花的生活
不会因一个小集团
在这一天捣乱滋事
就花落水中嘎然而止

三月十日在村庄的思绪

在很久很远的年代
中华民族的先躯们
曾经创造惊世辉煌
一批不思进取的人
由于心安理得躺在

祖先们的功劳簿上
紧紧闭着门关着窗
沉睡在天朝的梦乡
忽然来了一群饿狼
把一百多年的耻辱
牢牢压在中华民族身上
耻辱已被先辈的手
葬在大山江河海洋
我们继承前辈壮志
励精图治改革开放
正在创造新的辉煌
小康之风吹到边陲
吹进深山中的村庄
逐水草而居的牧人
种植青稞地的农民
住上了别墅式楼房
牧者有其牛羊
耕者有其田园
老者把天年安享
幼者得到教养
病者得到医治
贫者不受冻馁
人人无分贵贱
拥有平等地位
几千年的梦想
实现在我们手上
如果这些不算辉煌
不是偏执就是疯狂
心中一定失去善良

我们为小村庄的辉煌
开心地呼喊舞蹈歌唱
同时也决不得意洋洋
还要建更宽的路
更加漂亮的楼房
让草原水草丰美
让田野土沃壤肥
培养更多读书少年
新型农民不断涌现
依靠知识凭借智慧
生产更多的粮食
养出肥壮的牛羊
紧密联系大市场
将大把的钱挣上
还要让鲜花开在
整齐干净的村庄
让灰尘淹没于绿草
让陈规陋习随风
消逝在现代浪潮
让太阳的光辉
在人们心中闪耀
我们眼睛雪亮
村庄之外很远的地方
存在着一群饥饿的狼
紧紧盯着崛起的村庄
随时准备吃掉
草原上肥壮的牛羊
田野里丰收的谷粮
掏空日益丰富的库房

扰乱和谐平静的生活
用黑暗代替大好时光
我们崇尚和平拥抱善良
但不欢迎挑起争斗的狼
为了村庄不再成为废墟
为了村姑不再失去情郎
为了主人不再成为奴隶
为了保卫成长中的辉煌
我们必须有猎人猎枪
决不让饿狼糟踏村庄
决不让耻辱降临头上
用钢铁般坚强的意志
让辉煌永远闪耀在村庄

冬天的登巴

登巴的冬季
阴天少而短暂
起一阵风
浓云就飘散
阳光洒满村庄
洒在每一座山
雪峰上冰凌闪闪
村中人的心里
却荡漾着温暖
夜晚的感觉
没有不胜寒
木楼挡住了风

一家人围坐火炉
喝着茶吃着饭
悠然把电视观看
遇到有月的夜晚
天空特别蓝
十五的夜晚
明月似玉盘
银辉如水
映照在村庄和青山
怪不得这里的姑娘
喜欢以银首饰打扮
个个月中仙子一般
无月的夜晚
星星将天空挤满
星座挂在山
星光特别灿烂
天空犹如宝石馆
辉映村庄灯火阑珊
入眠在这样的夜晚
梦的色彩也斑斓
在登巴村中
拥有一座小木楼
山中美景尽收
在寒冷的冬季
享受温暖的生活
那一份悠闲自得
神仙也会羡慕

题仁青罗布游客之家

登巴峡谷一座别墅
游客之家仁青罗布
占尽横断山水灵秀
住店休息胜过旅游
登曲河水奏起牧歌
苍松碧草荡漾绿波
星星如灯闪烁峻岭
月似玉盘陪伴游人
山色苍茫微风轻柔
仙子之手抚过额头
远方客人一经停留
他日忆起必想重游

民生断想

一个年届五十的农民
开办起家庭旅馆
不停地向我感叹
现在的政策真好
根本不担心温饱
生活年年改善
农村天天发展
年轻人运气真棒
早就不满足于
大块吃肉大碗吃饭
还想到城里把家安

可惜自已老了一点
不过还要大干一番
珍爱生活的热情
如浪滔拥抱堤岸
遇到村中的农牧民
无论男女贫富水平
都有珍惜今天的心
探究其中的原因
归结为两个字民生
农牧为民生之基
家家承包了草场土地
惠民之风
催开了丰收花
催肥了牛羊群
激发了农牧民
生产增收的热情
把基本生活撑起
打牢了小康的根基
就业为民生之本
一扇扇打开的门
把农牧之外的人
吸收到环保护林
吸引到重点工程
引导到都市城镇
特色产业的崛起
增加就业一批批
燃起致富的希翼
只要不懒不散
通向美好生活的饭碗

任由自已去端
保障为民生之魂
三包的阳光雨露
用科学文化知识
滋润孩子们的心灵
低保医保养老保险
让人们不再担心
明天的生活会变脸
把一朵朵幸福的花
就盛开在今日今年
一条条道路
一股股电流
一张张报纸
一则则信息
打破了封闭
改变着观念
追求幸福的动力
源源不断地增添
珍惜为民生之花
手中的钞票一把把
家中的米面白花花
休息有个温馨的家
创业的机会一茬茬
感恩的念头心中扎
谁还希望风云变幻
争争夺夺打打杀杀
幸福在风中飘雨中洒
执政之要在民生
民生改善聚民心

民心统一政权稳
共和国这一参天树
永远拥有强健的根
矗立挺拔笑对风云

驻村工作队

驻村工作队
深入最基层
推进跨越式发展
维护和谐稳定
建强支部发展党员
培养率领乡村前进
领飞的大雁
理顺情绪化解矛盾
把长治久安的基石
垒得大山一样安稳
拓展就业渠道
情注贫困人群
酥油茶青稞酒的香馨
永驻在每一个家庭
逐条把惠民政策讲清
开展新旧西藏对比
揭露达赖集团罪行
把共产党的恩情
铭刻在村民的心
一心一意办实事
让红太阳的光辉
照亮每一个乡村

尽心竭力解难事
助推每一个村庄
突破发展的瓶颈
在小康的道路上
迈步奋力向前进
驻村工作队
是春天的使者
把希望的种子
洒向山山水水
带来生机一片
驻村工作队
把办公室从机关
直接搬到农舍
在广袤的土地上
深情地书写
执政保护谁为了谁
驻村工作队
新时期的先遣连
同吃同住同劳动
把党的优良作风
不折不扣地实践
驻村工作队
把一份份文件
化作滋润土地的雨水
主观主义
官僚主义
形式主义
失去了市场
落叶风中飞

驻村工作队
丢掉了沉疴累赘
联系群众面对面
解决问题送实惠
最直接最纯粹地体现
执政为民的理念

春到山村

群山连绵
蓝天一片
草地一块
春风送绿牛羊来
村庄一座
柳树成行
桃花朵朵
细雨之中忙春播
泉水清清
新叶嫩嫩
岸花迷人
村姑溪中洗围裙
学堂依山
绿树掩映
村童上课
风传朗朗读书声
阁楼庭院
风语屋檐
青壮不见
老人燃薪飘炊烟

惠民断想

惠民首推公正
大大小小的权柄
不沾一点私情
党的阳光雨露
才能洒向所有生灵
惠民需要蜡烛心
燃烧自己照亮他人
执政的手指
加入利益纷争
民心必散尽
惠民就是送甘霖
让久旱的禾苗
得到滋润
形式主义横行
百姓必不领情
惠民就是春风被野
让百花一吐鲜艳
让森林一派青翠
让小草一展芳菲
让所有的生命
放歌山坡草原
如此民心必同归
惠民就是把种子
赠给缺少粮食的人群
就是增加人们的技能
帮助踏上致富的征程
如此天下必太平

惠民就是开发民智
引领乡风走出误区
普及现代科学知识
让村庄的生产生活
不在圈中周而复始
如此天下必大治
惠民就是珍惜民力
江河源自涓涓细流
发展不可一蹴而就
书写小山村的辉煌
最终得靠村民的手
如此天下必富有
惠民就是激发民勤
创造美好幸福生活
才是变化根本内因
金山银山送进大门
富裕不起懒汉一群
如此天下必奋进
惠民就是驱逐浮云
歪风邪气村霸乡匪
铲除邪恶必须断根
绝不允许乌烟瘴气
挡住红太阳的光明
如此天下必清正
惠民就是播洒温馨
让所有的少年儿童
不再浪迹大小城镇
让所有的弱势群体
不再遭遇饥饿寒冷

如此天下必感恩
惠民就是沟通感情
突破一道道大闸门
执政行政旨在百姓
理顺情绪赶走疑云
心灵相通一顺百顺
如此天下必安定
强基惠民的惊世之举
打开了惠民万千之渠
一双双惠民的巧手
终于离开文件案头
在草原村庄中忙碌
架起桥梁修建道路
基层机关畅通无阻
执政为民的常青树
村村寨寨尽享呵护
列强内鬼兴起妖风
怎奈何我参天之树
根基岩石一般牢固

山村之歌

在藏东南的深山峡谷
踏着农牧文明的足迹
沐浴着惠民的温暖春光
我们在太阳下打整土地
把青稞小麦种子播上
我们在白云下建设草场
放牧心爱的牦牛绵羊

时代的大潮浩浩荡荡
村庄不再是穷乡僻壤
一条条公路一座座桥
农牧民走上了现代道
我们瞄准大市场
让农牧产品的馨香
在山外的世界飘荡
我们勤劳有力量
奔波在建设工地上
用汗水挣来钱与粮
我们珍惜大山的馈赠
采集松茸虫草青冈菌
让财富把生活浸润
我们利用峡谷好风景
建楼房办客栈开饭馆
用农家特色服务游人
开辟崭新的就业途径
我们创造财富拥抱文明
房舍周围绿化整洁干净
住室装修与大自然贴近
正堂上方高挂领袖画像
永远铭记共产党的恩情
深山峡谷就是我们家园
有山有水有林有草有田
还有数不清的林下资源
全面建设小康图景已绘
我们一定用自己的双手
建设起新时代的桃花园
谱写农牧文明的新诗篇

乡情

来到遥远的地方
在高楼大厦中奔忙
太阳升起的时候
故乡的小河
在心中流淌
城中的生活
餐桌上消耗时光
午饭菜肴丰盛
怎抵故乡的酥油茶
那份独特的香醇
匆匆一天就像打仗
群山托着斜阳
故乡草原的晚风
是否还在抚慰着
眺望远方的姑娘
城中的夜生活
依然灯红酒绿
心中愁结越积越厚
故乡低垂的星河
把所有浮华淹没

守到老

我搬不走故乡的大青山
带不走故乡的太阳月亮
却能把你多情的目光

深深地刻在心上
伴我行走四方
那些风中盛开的鲜花
那些依依惜别的小草
在繁忙中几乎忘掉
只有你浅浅的笑
日夜将我萦绕
漂亮的姑娘见过不少
眉来眼笑也经常遇到
就是没有脸红心跳
她们的美丽俊俏
怎比你的娇娆
城中的生活虽好
没你的日子难熬
今晚就去买车票
明早快快回村庄
在月光下把你拥抱
亲爱的姑娘
我再也不四处奔跑
让你担忧心焦
爱比什么都重要
铁心与你守到老

村支书

衣着不太讲究
朴实农民一个
开会手拿水杯
道理没有一堆

这也对那也对
幸福的生活
全靠党送实惠
千万不忘农奴泪
铁心跟党走
才有艳阳天
忙完村中的活
点心生肉方便面
对付一下饥饿的胃
调解村中纠纷
清水一碗端平
当事双方都放心
遇到耍横的人
怒叫摸良心
无理者愧然不吱声
众人面前丢分
民风归于纯正
村中修建扶贫桥
群众投工投劳
支书不喊不叫
灰尘沾满藏袍
收工露齿一笑
记上出勤情况
人不可貌相
村中大小事
件件心中装
山中小村庄
由此得安康

变迁

人类需要博物馆
把过去的生活一览
村庄不是博物馆
必须随着时代发展
如果停滞在博物馆
特定的一个阶段
无异于灭顶灾难
与茹毛饮血相伴
是人都不甘
小溪上的石磨房
无语和流水相对
尽管有人怀念
水碾糌粑的滋味
村姑手捻的毛线
悄悄退出视野
更多的农民牧民
冬天免受冻馁
钢筋水泥混凝土
河上建桥更坚固
取代小桥流水图
村民不必去伐树
留得青山一处处
天堑变坦途
黄毛丫头当村医
赶跑了骗人把戏
喇嘛念经祛病
巫师祈祷驱鬼

成为历史陈迹
大大小小的变迁
助推村庄换新天
人类文明的阶梯
不是某些人的专利
历史需要珍惜
落后必须废弃
伸伸懒腰的大意
也许会遭到暗算偷袭
跨上了前进的骏马
没有理由轻信流言
畏首畏尾停止向前
满怀豪情拥抱变迁
向着明天飞奔而去
在小小的地球村中
试与任何村庄比肩

村庄让我看到

文化的基因
是把一个民族
从浑沌导向光明
中华民族同源同根
五十六双勤劳的手
同书五千年的文明
在横断山脉的村庄
同样得到印证
青稞种子在山谷生根
农耕文明世代传承

哺育生生不息的子孙
原始的捕猎
演化成牧业
高山稀疏的牧草
地中出产的秸秆
青冈树上的嫩叶
喂养一群群牛羊
半农半牧的劳作
人与自然的融合
伴村庄把岁月穿过
改革开放的开拓
惠民之风的吹拂
村庄换了新颜
鲜花盛开朵朵
种地的手
做起了买卖
畅通山里山外物流
放下牧羊鞭
开上小汽车
驶出山门见新天
突破循环圈
少年求知坚
辞别父母去
上学远赴大海边
生育观念变
优生优育放在先
控制人口添
安居实现后
舒适美观成追求

精心打造温馨的窝
珍惜好时光
堂中悬挂领袖像
房顶红旗迎风扬
大山中的小村庄
村姑的衣裳
从来没有这样鲜亮
学堂里的读书声
从来没有这样爽朗
连接山外的路桥
从来没有这样宽广
男女老少的心情
从来没有这样阳光
春风浩荡
扫去一切荒凉
在鲜花盛开的山上
看不到一丝枯黄
群山环抱的村庄
阳光灿烂的村庄
星月辉映的村庄
欢声笑语的村庄
让我看到了美好
看到了中华春潮
看到了热切希望
看到了淳朴的人们
幸福在心中流淌
看到了创造未来
迸发的无尽力量

劈柴小憩

预报大风雪要来
抡起斧头劈柴
双手发软的时候
坐在在新劈的木块
点燃一支香烟
用开水把清茶泡开
烟香茶香入口
感到丝丝愉快
一阵轻风吹过
放眼看看山寨
柳枝冒出新绿
大树青翠不改
天空不见飞雪
云朵列阵飞来
劳累消失大半
心随白云摇摆
怡然忽有所得
欲言不知所在
茫然若有所思
拾斧重新劈柴

远离别

远离别
最难忘却
卓玛的茧手

望满目青山
强忍泪水流
心却在颤抖
你的勤劳
你的柔情
你的宽厚
已刻进我的骨头
天长地久

注：在西藏的农村，有许多姑娘叫卓玛，她们美丽勤劳善良，为人妻后，家务活、地里活、背水砍柴，无所不干，用自己的双手，撑起了家，承担了超过她们能力的责任，年纪轻轻，手上就因劳作起了老茧。在驻村期间，我认识了许多卓玛。要不是她们的劳作，农村家庭真的不知是什么样子。有感于此，写成此诗。

我的小山村

我的小山村呵
在你的面前
我的灵魂
是透明的玻璃
经不起你的纤手
轻轻一击
我的小山村呵
在你的面前
我的思维
是春天的花蕾
遇上你的晨曦
便绽放笑靥
我的小山村呵

在你的面前
我的金钱
是废纸一堆
没有你的幸福
宁愿化作尘灰
我的小山村呵
在你的面前
我的生活
是奔涌的江河
投入你的怀抱
幸福便淹没坎坷
无论你贫穷还是富裕
无论你歉收还是丰产
无论你凌乱还是整洁
无论你冷淡还是热情
我都如星星紧随明月
一片真情永不会断绝

无题

人在三江大地
忽然豪情起
心怀惠民之意
耕耘在闾里
望茫茫群山
云飞晴空碧
村庄挂在山坡
绿树房前立
一介书生在基层

挥起手中笔
横扫陈腐如卷席
党恩刻在民心上
和风劲吹助强基
万马奔腾破难题
彰显凝聚力

把心交给

把心交给高山
凝固波动的情感
任由多少狂澜
怎奈何屹立巍然
把心交给江河
不拒涓涓细流
一路歌声伴清波
奔向大海不回头
把心交给湖泊
一碧到底不浑浊
映照蓝天的广阔
滋润灵感不干涸
把心交给草原
一绿无垠到天边
奉献牧人建家园
歌声悠扬乐无限
把心交给太阳
融入漫天明亮
光明辉煌吉祥
从此不再躲藏

把心交给明月
浑身沐浴着皎洁
爱意如初生的叶
片片带着柔嫩色
把心交给花朵
万紫千红扮生活
芳菲阵阵扑面来
不愁秋来无硕果
把心交给西藏
带走了所有迷惘
纯洁善良的歌声
天天伴随走四方

山中遇春天

连曲河的歌声
越来越清脆
桃树如撑开的伞
花朵饱满鲜艳
暖风送来飞雪
鹅毛般的雪片
落地之后化为水
一洗枯萎尘灰
树色变青翠
嫩绿伴随着阳光
悄悄冒出地面
春风把新叶鲜花
洒在高山深涧
清新生机无限

如浪涛扑面
我的脸上写着憔悴
心中却绽放花朵点点
将所有的理想列队
在春天里放飞
老迈难以抗拒
不改心中的渴望
拼将智慧力量
把春天的脚步追随
赶走悲观
用真情用信念
感知春天
拥抱春天
亲吻春天
热爱春天
歌唱春天
丢掉那些
人生走向晚年
万事皆休的浅见
摘一朵花藏进意念
让春天永驻心间

春风

好久没有遇到
这么温暖的风
带着嫩叶的色彩
悄悄地到来
像村姑的浅笑

赶跑无形的烦恼
风儿将嫩绿
放在柳树的枝条
眼前尽显娇娆
风儿把艳红
写在桃树上
引来蜜蜂歌唱
风儿把浅绿
洒在小草上
大地改变了模样
风儿把青芬
喷向山冈森林
树着新装花开无声
风儿轻轻吹
春潮逐浪飞
一缕缕清新
飘然入心间
凝固的苦涩
顷刻化为烟
干枯的思绪
长出了翅膀
飞向花蕾
飞向叶尖
越过万紫千红
直向碧云天

与山村絮语

你给了我

白云的流畅
高山的坚定
青冈的朴实
冰川的透明
让我懂得了
古老的文明
依托一块口袋地
在牧草稀疏的山岭
如何永不止息传递
让我领略了
传统与现代
悄悄融为一体
对幸福的追求
逐步抛弃落后
春风里无声绽放
文明的花朵
让我看到了
公平与正义
是镇邪的利器
阳光的无私
令所有的人
把温暖铭记
让我体会了
民生的艰辛
执政的根本
就是引领山村
打开幸福之门
获得更多财富
享受安定温馨

我肩负着使命
承担了一些责任
得到了你的肯定
是我最大的荣幸
我不是全能
解决不了所有疑问
但我有一颗心
与你共命运
为了你的美丽
为了你的前程
掏出心尽我所能

山中春雪

无尽的湿润
满目的清新
随着看不见的风
来到小山村
雪花漫天飞舞
落地融入尘土
把鲜嫩的生命
滋润呵护
桃花笑雪花
娇艳羞云霞
一缕轻风来
枝上逐浪花
柳丝黄欲绿
秀色风中溢
柔情扑面来

心中思绪起
松柏冒出青芬
山尖洒满银粉
白雾连接天边
朦胧了山影远景
一轮阳光破雾出
映照山中雪后村
春色欲滴动人心

融入大潮

强基惠民的大潮
在雪域高原的村庄
卷起美丽的浪涛
助推村村寨寨
迅速改变面貌
一个工作队员
一滴晶莹的水
汇入象泉河
年楚河拉萨河
融入雅鲁藏布江
澜沧江怒江金沙江
凝聚起浩荡奔腾的力量
向贫困宣战
向落后宣战
向涣散宣战
向分裂势力宣战
大潮滚滚来
连天起巨澜

冲走了封闭落后
卷去了垃圾污垢
滋润了草原大地
带来了盎然生机
一个工作队员
一滴清澈的水
加入时代大潮
不再落寞孤寂
大潮在奔流
工作队在奋斗
建强基层组织
提升战斗力
构建和谐稳定
送给村庄安宁
拓展就业渠道
送给贫困户欢笑
解决实际问题
打牢发展根基
挥洒党的阳光
让鲜艳的五星红旗
在村庄高高飘扬
一个工作队员
一滴充满豪情的水
投身惠民大潮
把艰难困苦笑傲
建功立业在一线
助推村庄换新颜
豪迈胜过天河水
大潮在奔流

浪花无限美
那就是工作队员
无怨无悔的姿颜
回报党和人民的
一道亮丽风景线

致登巴姑娘

我要把赞美的花朵
盛开在你的脸上
让你亮丽无双
我要把浪漫的情愫
书写在你的眼上
让你温柔荡漾
我要把快乐的音符
播洒在你的心上
让你幸福流淌
我要把灿烂的阳光
照耀在你的身上
让你青春绽放
这就是我的愿望
美丽的登巴姑娘

登巴情

登巴啊登巴
在这个世界上
没有哪一个村

牵走我的心
而你却能
登巴啊登巴
峻岭是你的脊梁
白云是你的激情
你的气派
深深把我吸引
登巴啊登巴
桃花是你的形象
流水是你的歌声
你的美丽
牵走了我的灵魂
登巴啊登巴
明月是你的境界
青冈是你的精神
你的纯净
让我的情感透明
登巴啊登巴
深山中的睡美人
助你走出峡谷山门
一展你的亮丽俏俊
永远是我的
一份责任
一片真情
我愿成为你的村民
与你一同骑上骏马
突破发展的瓶颈
迎着太阳
向富裕文明飞奔

别登巴

挥之不去呵
你的青山
峰峦叠着峰峦
让人流连忘返
忘却不了呵
你的姑娘
一个比一个美丽
竟成梦中回忆
放心不下呵
你的发展
万马奔腾急
谁人共与破难题
割舍不断呵
你的淳朴
天然如水流
让人消除万古愁
挥一挥手
道别在东达山口
人往西走
心却留在村头

梦江南·登巴杂咏

（一）

疾奔驰
驻村工作队

两日越过千重岭
回望大山好崔巍
惠民达岗位

（二）

抵登巴
公仆如还家
丽日白云黄叶浓
村长笑迎献哈达
一扫秋萧煞

（三）

东达山
高耸凌青霄
苍松青冈四季绿
崖如斧劈峰如刀
凝望起波涛

（四）

桦树叶
秋来亮眼睛
碧波之中泛辉煌
满腔豪情笑秋声
一叶一片金

（五）

百余里
登巴峡谷奇
水清草美林茂密
鹰飞岩上古树立
松涛晚来急

（六）

青冈林
四季着绿装
夏来蘑菇采不尽
冬天青叶喂牛羊
情注小山庄

（七）

观云峰
利剑刺长空
鹰翔峰巅展自由
久立心随鹰翅动
壮志飞云中

（八）

清泉清
飞鸟留身影
水底细石可见纹
岸树当成梳妆镜

山色水中景

（九）

一枯松
稳立在绝壁
日晒雨打风吹过
不改秉性仍挺立
死了也刚直

（十）

山谷间
放眼看青天
太阳当空蓝无垠
峰挡视线望不远
何时见天边？

（十一）

云如丝
曼妙又多姿
一尘不染胜白雪
柔软纤若少女指
修身云可师

（十二）

峰耸立

路随山势改
窄处仅能容一足
细草崖上风中摆
涛声壑底来

（十三）

口袋地
挂在山腰上
桃花开时撒种子
金秋时节忙打场
遗粒乐牛羊

（十四）

粮归仓
秸秆树上堆
捆捆映日金黄色
飞雪牲畜免冻馁
日子如花美

（十五）

主峰下
一山顶如伞
坡下村落十数家
去村骑马越重山
一日一往返

（十六）

深山中
耕地牧牛羊
桃花吐蕊始播种
牛羊肥壮青稞黄
云中收获忙

（十七）

生在山
长在绿海间
云过鸟飞山花开
日出日斜飘炊烟
不羡城中喧

（十八）

云渐厚
雨雪风中过
打落尘埃秋叶新
日出青天荡碧波
黄肥绿更瘦

（十九）

木楼房
粘土夯为墙
开门青山扑面来

举头天上白云翔
清风送叶香

（二十）

楼两层
人居二层上
一炉当中桌垫摆
会客做饭兼卧房
底层宿牛羊

（二十一）

登巴房
多为两层半
半层用作打谷场
储藏晒谷两相安
观景亦怡然

（二十二）

安居房
顶层红旗扬
正堂高悬领袖像
花草彩云绘梁上
阳光满回廊

（二十三）

铁火炉

燃柴夜取暖
鹧鸪双双梁上宿
窗口观星宝石蓝
木香出地板

（二十四）

路奇险
盘旋在峻岭
下视深谷不见底
上看雪峰连白云
胆小不敢行

（二十五）

贫困户
住入安居房
叫住女童问家境
母携二女度时光
无爹只有娘

（二十六）

修村桥
村民来投劳
东家开来拖拉机
西家背来沙石料
同筑平坦道

（二十七）

到工地
众人背水泥
石块细砂垒成堆
陡坡开来挖掘机
灰尘沾满衣

（二十八）

晌午过
清茶盛木碗
席地而坐枯草上
糌粑冷馍为餐饭
河中水潺潺

（二十九）

秋收罢
忙于建村桥
交通武警来相助
运石排水有老少
崛起小康道

（三十）

秋风劲
挂上驻村旗
村童笑问是何义

答曰惠民又强基
宗旨必铭记

（三十一）

围火炉
问计于村民
安居饮水已解决
山区困难在出行
修路最要紧

（三十二）

回登巴
青稞已收获
村姑敬上酥油茶
连曲水清奏牧歌
牛羊满山坡

（三十三）

连曲河
登巴峡谷魂
巨石当流挡不住
雪花飞溅扬歌声
万马急奔腾

（三十四）

苍松翠
目送清流动
野杏身着暗赭色
遥对黄叶漫山峰
风吹残阳红

（三十五）

墙壁白
遥见南山上
羊肠小道绕山脊
人背油盐马驮粮
雨淋叶更黄

（三十六）

杆修长
村道立路灯
不用牵线不用油
光明源自太阳能
山村落繁星

（三十七）

收垃圾
用上小四轮
脏乱不堪成往事

环保新风入农门
清洁新农村

（三十八）

摩托车
装上多媒体
山村小道不见人
唯见林中歌声起
白云飘天际

（三十九）

黑山羊
觅食秋风里
一只可值数百钱
生在深山销内地
羊归主人喜

（四十）

健身器
成套安装好
儿童成群来嬉戏
跃上双杠脱藏袍
再玩约明朝

（四十一）

副乡长
轻卡手中驾
建桥工地送水泥
指挥施工声已哑
忙完又运沙

（四十二）

人未老
白发压黑发
乡长进组排纠纷
疑难杂症全拿下
村民笑哈哈

（四十三）

久在村
出差到县城
办完公事回到家
幼女见父怯生生
向母问来人

（四十四）

要回村
妻女送出门
稚童不知别离情

挥挥小手笑盈盈
乡长忍哽咽

（四十五）

为村民
乡长当法人
廉价搞来搅拌机
赶到左贡买钢绳
归村满头尘

（四十六）

女村医
月薪三百几
木凳窗台作病床
阳光之下输液体
村民乐就医

（四十七）

牧羊女
乌发垂过肩
明眸转动荡秋水
戴上口罩不见脸
手握牧羊鞭

（四十八）

接收器
电视送到家
荧屏联通地球村
农牧深山知天下
心灵乐开花

（四十九）

夜降临
太阳能灯点
和平解放六十年
党的光辉照心间
山村换新天

（五十）

夜饮酒
畅谈惠民途
落实政策为首要
勤政为民带好头
广开致富路

（五十一）

思绪起
和衣床上卧
农村站上新起点

强基惠民任务多
奋力爬好坡

（五十二）

夜无梦
醒来日照楼
修桥村民停摩托
拿着工具下山沟
河水清悠悠

（五十三）

风带寒
太阳云中暗
众人挥锹铲沙石
机器飞转把浆灌
工期往前赶

（五十四）

强基础
支部是关键
党员齐集村大院
庄严行使民主权
选出领头雁

（五十五）

住在村
入户察民生
询问柴米油盐茶
观看房屋道路行
事事总关情

（五十六）

村委会
硬化水泥地
一座木楼朝南山
设施初具文卫体
一杆扬红旗

（五十七）

风俗奇
嫁儿不嫁女
新娘缺席办婚礼
父母送儿亲友聚
乐当上门婿

（五十八）

婚礼始
贺物多青稞
宴客菜品三四个

宾朋饮酒乐呵呵
圆月伴欢歌

（五十九）

新上门
不觉环境生
携妻打柴山冈上
联手割谷忙搬运
红叶满门庭

（六十）

夫出门
运货拉萨去
山高路险数千里
预报路上有大雨
心忧如烫煮

（六十一）

盼夫归
闻笛便开门
千声过去皆不是
月落西山不见人
梦中唤郎名

（六十二）

夫婿归
笑容堆眉头
荤素菜肴摆满桌
手把杯盏劝进酒
夫口甜蜜流

（六十三）

星闪烁
涛声催急流
村庄山谷夜静卧
清风无声梳树头
孑然望北斗

（六十四）

树叶落
衣单不胜寒
乡亲惦记工作队
山上背来枯枝干
风冷心中暖

（六十五）

雨停息
草枯石头绝
寒风吹树涛声起

山峰高耸覆白雪
心惊登巴月

（六十六）

油路通
不见灰尘蹦
登巴峡谷变坦途
安坐车中赏云松
画廊览眼中

（六十七）

照相毕
数据填入表
旧时登记为交税
今日建档有社保
农民不愁老

（六十八）

天刚亮
村姑扫庭院
柴草杂物整齐摆
农家肥料出羊圈
整洁每一天

（六十九）

夜来冷
龙头晨结冰
玉珍拿来热水壶
温暖一到释冰凝
铁管达人情

（七十）

日西下
妻理院中薪
康巴汉子倚木柱
手中弹起三弦琴
音若半轮秋

（七十一）

登巴女
口罩没面孔
防病防晒防灰尘
无忧无虑去劳动
天然护玉容

（七十二）

小村童
游戏泥沙中
满面灰尘牙齿白

堆完房子堆山峰
日晒脸彤红

（七十三）

昔在城
三日一浴身
进村入户忙调研
风吹头发落灰尘
未浴已逾旬

（七十四）

屋漏雨
愁坏村支委
找来沥青铁桶煮
浇在房顶堵渗水
活动场所备

（七十五）

山沟深
人多土地贫
资源有限起纠纷
化解矛盾须公正
发展是根本

（七十六）

民现实
勤劳为今生
合理诉求有保障
风清气正树党恩
懦夫亦发奋

（七十七）

好景色
清风牧白云
岩石不动松挺直
岁寒不改山色青
冰映阳光明

（七十八）

事农牧
温饱尚可得
地少人多资源稀
座拥横断好山色
旅游助跨越

（七十九）

山秀丽
四季流水声
林深青鸟啼晓月

日出登巴无限景
赊与城里人

（八十）

山中行
道路多崎岖
一木横在沟壑上
小心翼翼怕踏虚
人过冒汗珠

（八十一）

一夜雪
松树头发白
山上牧场不见草
牧村道路雪中埋
踏雪去探灾

（八十二）

黑骏马
让位摩托车
道路通达自然村
日用不须马匹背
人把时代追

（八十三）

登巴村
粮出口袋地
地高谷深远水源
衣食温饱实不易
丰产赖水利

（八十四）

观晚景
满目皆青山
白云已随夕阳去
雪山隐隐传秋寒
羊归炊烟淡

（八十五）

欲登顶
挥手舞白云
播种收割无闲暇
无事崖上生冰棱
终岁未成行

（八十六）

人在村
心出大山岭
峡谷斜坡事农牧

生产生活多艰辛
富必过山门

（八十七）

出山门
鹏程万里行
文化知识不可少
下海游泳须技能
学习放头等

（八十八）

村值班
干部地头来
酥油糌粑家中出
烧水做饭自备柴
餐餐无蔬菜

（八十九）

六十年
未出公务员
基础教育应抓紧
文化过低看不远
新知开新篇

（九十）

土地紧
宅建国道边
人均不足七分地
大山难供可耕田
应控人口添

（九十一）

登巴山
连峰上青霄
蛟龙出海势挺立
激起横断万顷涛
相形顿渺小

（九十二）

登巴水
清澈映蓝天
涓涓细流汇成河
奔向大海不惧险
荡却我杂念

（九十三）

登巴星
无月分外明
闪烁近在房顶上
人家挂出一盏灯

指引迷路人

（九十四）

登巴月
一统山水色
清晖倾泻银辉起
温柔荡漾心皎洁
烦忧皆断绝

（九十五）

登巴石
山上河中立
村民有求必相应
铺路筑桥砌墙壁
粉身也不惜

（九十六）

登巴柏
扎根深沟中
历经雨雪舞东风
腰杆挺直叶葱茏
默默凌碧空

（九十七）

登巴酒

青稞来酿就
美酒何必问出处
千杯万盏喝不够
醉后不打头

（九十八）

登巴人
吃苦又勤奋
道路开到家门口
房子修在大山顶
险峰等闲登

（九十九）

登巴美
不言水与山
一家有难众人帮
公益投劳争相干
人人是模范

（一百）

晨风冷
穿上羽绒衣
村民已经早餐毕
驾车匆匆向工地
我心喜悦起

后　记

2011 年 2 月，我受社科院党委派遣，在芒康县曲登乡登巴村开展加强基层建设年活动，是年 10 月，又作为工作队长驻村开展创先争优强基础惠民生活动，至 2012 年 5 月圆满完成任务。在一个村庄中工作一年多，在我的经历中还是首次。我为村庄的变化发展、乡亲的淳朴、美丽的景色深深感动，在香烟盒上记录下来，汇成此集，取名为《献给乡村的歌》，表达我对强基惠民活动的感情和对村庄的无限热爱。

附　录

读丁勇同志的诗歌

周　勇

自我在中国社会科学院工作以来，日常所见学问大家无论老中青，都是外在极其普通平常之人，如果把他们混在任何一条街道，任何一处人群，人们都不会多看他们一眼。但平常普通之人，做出来的东西却往往非同寻常，所以人的价值并不在衣着的华贵，而在文化的高扬、内心的挚爱、思想的深刻、志向的高远、步伐的执着。初到西藏自治区社会科学院，在食堂里见到丁勇副院长，正端着饭盒，洒上一大把辣椒酱，边吃边谈笑风生地招呼着旁边的同志。我不知道，也不认为他是这个单位的领导，倒是非常关注、认可、欣赏他这种非常辣的革命精神。后听藏族同志琼华介绍，他就是丁院长，而且写诗。

我已经多年不读诗，更谈不上写诗，诗仿佛是岁月悠悠夭折的一个生命。我时常心里挂念着它，却再也不光顾它。诗曾经使我丧失了对它的希望，我见到的诗很少是我心中渴求的诗，绝少是能够给我带来心灵快感的诗。我追求诗多年，但我可以老老实实对世人说，曾经有些年我读不懂一些诗，或者是我太愚笨，或者是诗太愚笨。诗已经被糟蹋得不成样子，把持诗的“朝政”的人越来越刚愎自用，于是我和很多曾经诗国的子民一样，愤而离去。我在相关的艺术和学问殿堂中找到了新的快乐。但每每经过已经破败不堪诗的庙宇，我总禁不住徘徊再三。听说丁勇副院长写诗，我毫不犹豫地跨进他的办公室讨要，以我曾经诗歌爱人的身份。

2011年2月，丁勇副院长受西藏自治区社科院党委派遣，在芒康县曲登乡登巴村开展加强基层建设年活动，是年10月，又作为工作队长驻村开展创先争优强基础惠民生活动，至2012年5月圆满完成任务。丁勇副院长的诗歌，是为村庄的变化发展、乡亲的淳朴、美丽的景色而深深感动的诗歌，让我眼中一亮，心中为之一振。我已近中年，什么是真情什么是假意，什么是人所需要的什么不值一文，什么应该赞颂什么应该摒弃，我已全然有了自己的主张，再也不是那个容易被世间虚名蒙骗的少年，也不是那个涉世不足把握不定的青年。总之，读了丁勇副院长的诗歌，我感觉很有价值，受益多多。作为学者，作为一个普普通通的读者，我愿意从审美创新、诗风平易、主旋律弘扬的角度，有别于时下流行的一些艺术评论，作一番感叹。

一、意之新，反映驻村生活的史诗般作品

驻村是党和国家西藏工作的重要组成部分，对密切联系群众、为基层排忧解难、推动西藏经济发展、维护社会稳定、稳疆固边发挥着不可替代的重要作用，必将成为建藏历史的又一段新传奇。作者在严冬时节来到基层，驻扎在草原深山中的小村；俯下身子扎根，用勤奋工作夯实执政之基；心细如针，调纠纷化解矛盾，助推乡风更文明；拓展就业渠道，让村庄里不再有人躺在救济床上偷懒。

和群众共苦。在《牵挂》中，“出城已经很久，几乎忘记了，城中的锦绣，忙忙碌碌奔走在，山间土路，穿着已经不再讲究，深入农牧民家中调研，回到住处，灰尘从头发掉落”。在《严冬驻村》中，“水倒在地上，一会儿便凝成冰块，远离所有的亲人，半月不见报纸来”。在《忙》中，“一叠文件，旧书几本，案头摆着蜡烛灯，深夜在纸上耕耘”。

也和群众同甘。在《二月波密行》中，“芳草嫩绿细腰纤纤，山花吐蕊色彩艳艳”，路旁粉红的桃花，似乎善解人意，借春风把脉脉柔情，送进还穿着冬衣的工作队员心田。在《然乌湖即景》中，“太阳挥洒着晶莹，山峰让人睁不开眼”，“我脱下笨重的冬装，在冰雪世界中留影，真想化作鸟儿身，走到然乌湖中心，细细观赏冰上雪景”。

写干部群众鱼水情深。在《感动》中，“天太寒冷，燃起火炉，手指才能摆脱僵硬，乡亲已送来柴薪，我拿起斧头劈柴，长我八岁的组长，抢过斧头劈起来”。“钻山沟走牧场，身上尘土扬，做饭的村姑提醒我，该洗一洗衣裳，我换下衣服藏一旁，上山回来，洗过的衣服已叠好，整齐放在行李箱上”。“春节留在村中，为的是联系群众，老阿妈牵着孙女，送来一瓶酸奶，见我收下品尝，满脸皱纹都笑舒展开，高兴得像个小孩”，“面对这样的衣食父母，每一天都不能懈怠”。

写对家乡和亲人的思念。在《边关月》中，“今夜的月是月非月，让思念透明而清澈，渴望中渗入淡定，浪漫里融入超越，圆月就是我的心，身处边疆守卫平安，在一片绝对寂静中，双肩扛起祖国的山关，把和谐温馨撒向人寰”。

驻村锤炼了作者，升华了其思想。在《帮村民吹青冈叶喂牛》中，“若非亲历不知其艰苦，从今往后无论在何处，一定要惜民力爱民勤，一刻也不忘民生艰辛”，这也是千千万万驻村工作者的写照。

二、象之鲜，大量新意境、新形象、新构造，首次入诗

有人说，大自然是一个取之不尽用之不竭的诗歌意象的源泉，历代的诗人们总是努力从中寻觅属于自己的新鲜活泼的意象，来编织他们的诗句。中国诗歌艺术的发展，从一个侧面看来就是自然景物不断意象化的过程，何况对于青藏高原这个大美之地。外人往往畏惧高原，但对于作者而言，高原是善良的化身。作者和高原，两者相互创造，互相催生，高原的万物都有其灵性，往往出奇不意地跃入作者脑海；作者身处蓝天白云之下，不经意地让万物入得诗来。

在《青冈林赋》中，作者境由心生。“还有那青冈林，以生机盎然的青叶，激起大山绿涛滚滚，松树是山的旗帜灵魂，杜鹃花是山的形象大使，秋天的桦树叶，是山的愁肠柔情”。用白描的手法抒写《村妇》形象，“丈夫靠在南墙，尽情享受着，冬日温暖的阳光，妻子理完庭院，拿上一柄斧头，走到高高的南山，砍伐无叶的青冈，日过中天的时候，一大捆柴禾背上，腰背极力向前倾，吃力地走过木桥，艰难地爬上山冈，庭院中放下柴禾，额头汗珠落地上，孩童见娘叫饿，连忙进入厨房，走遍西藏高原，见到无数村庄，勤劳贤惠的村妇，顶起家中的脊梁”。

诗中有大量少见的生动的驻村生活场景描写。在《帮村民吹青冈叶喂牛》中，“拼尽最后一点力，把青冈叶背到村头，狼狈不堪遇见乡亲，乡亲见状笑破了口”。在《冬天牧云》中，“冬天牧云，牧去的是心中的寒冷，丢却的是孤寂沉闷，永远牧不去的，是少年时代以纯真，与云结下的不了情”。在《冰情》中，“都说我冷漠，凝固了水的热情欢歌，都说我无情，终结了水的美丽波纹，都说我势利，助长了寒风的凛冽，殊不知，冷漠只是我的外表，我的灵魂向往光明，不管天气再冷，给一点阳光，便能编织出灿烂晶莹”。

在别人容易误写为政治的东西，在作者手里却是感情的磁场。在《感谢西藏》中，“我不责怪你高寒缺氧，在地球的第三极，让我沐浴着世上，独一无二的灿烂阳光，在我的性格里，注入向往光明的特征，让我的心间，光彩四季流淌”。在《感知西藏》中，“在高原上奔走穿行，常见村寨民居房顶，红旗与经幡一同飘扬，神龛之上挂着领袖像，美与善神与人融为一体，转化为精神的强大支撑”。

赤子真情的流露。许多平常的场合都能升华成为神圣的诗歌意境。在《西藏给我一颗善良的心》中，“魂牵梦萦的西藏啊，你用悠久的历史，多姿多彩的风情，给了我一颗，坚持善良的心，我用它来体会温暖，歌颂正义光明，把身上的污垢灰尘，打扫得干干净净，无论什么样的黑暗，无论多么大的困难，都不停止前进，在邪恶势力面前，决不后退变心，挺起脊梁做人”。在《口袋地》中，“深山峡谷多峻岭，土地少见三尺平，勤劳顽强的山里人，为了粮食为了生存，不分河谷与斜坡，开垦土地见缝插针，一小块零星的耕地，散落在大山的坡岭，远看就像只只口袋，高高挂在山腰山顶”。

历史和人生的思辨，往往被内化为一个简单而出奇不意的意象。在《只买一把尺子》中，“只买了一把木头尺子，上面的刻度清晰分明，我要用它来丈量历史，看看现在的我们，有多少超越了前人，我要用它来丈量时间，看看繁忙的我们，有多少年华虚度，我要用它来丈量空间，看看林立的高楼大厦，有多少面积浪费，我要用它来丈量良心，看看衣着考究的人们，道德处于什么水平，我要用它丈量自己，每天前进几分，每年长进几寸，我要把尺子放在心里，不使沾上一粒灰尘，不为防备商贩，缺乏诚信不讲良心，只为规范自己的灵魂，经不住诱惑自由放任，让情感的波涛，永远不失分寸”。

三、语之实，使用来自生活的平常语言，不做作，不矫饰，不脱离大众语言思维模式

艺术诚然不等于数学，不必追求如后者般精确。但艺术分析和数学分析之间确有异曲同工之妙，数学中有均值和方差，大致允许一定的偏误，正如诗意的朦胧。更重要的是，诗歌的表达和数学的运算都是一种描述，既为描述，必有一定的程式和精准。同时诗歌的精准和应有的语辞逻辑严谨并不输与数学。诗歌建立在感受的基础上，靠妙悟做出审美判断，这往往比套用某种理论模式出来的结论更能引人入胜，激起读者的兴趣与共鸣。诗歌强调意会的精准，而要达此至高境界，诗歌语言作为通道，应尽可能符合大众思维习惯，甚至要如同地铁的指示牌，明白无误地指引诗意的前行。

作者以生活简单语言入诗，以人民群众喜闻乐见的语言行走逻辑入境。比如《过通麦》中写道：“通麦的公路紧紧缠在山间，弯急不见迎面车，雪峰直插碧云天，山顶的松柏，身着一层雪花，山腰的树木，绿叶掩没了巨石”。在《惠民首选》中，“修好道路架好桥，家家户户都欢笑，桥路即是小康道，切莫目光太远高，看不上一条小路，一座不起眼的桥”。在《只为堂堂正正做人》中，“我们这里有格鲁派寺庙，有萨迦宁玛噶举派神殿，还有清真寺天主教堂，是宗教信仰自由的乐园，各自的神灵，伴随教徒每一天”。

在《天上曲登》中，“山顶树木郁郁青青，招来一片片白云，公路如飘逸的哈达，从白云间蜿蜒而下，泉水穿村而过，把淙淙妙音留下，核桃树盘根错节，历经风霜欲吐芳华，白塔遐迩闻名，传颂着只要互相帮助，就能实现心愿的佳话”。在《村桥》中，“河水可疏不可堵，村民出行无道路，此岸隔水过不去，彼岸望河过不来，水流悠悠泛清波，双脚无法渡过河，垒起石头作桥墩，砍来大树作桥面，洪水一来桥墩倒，大树随流河上漂，可怜村庄成孤岛，日常用品运不进，蘑菇山鲜白烂掉”。

在《澜沧江赋》中，“你从雪山走来，带着冰川的晶莹，你从草地走来，带着鲜花的芳香，你从峻岭走来，带着险峰的气势，你从丛林走来，带着苍松的风骨”。在《山中人》中，“生在深山小村，拥有无限风景，居室土木筑成，装饰日月星辰，劳作的时候，双手沾满尘土，头顶飘过片片白云，疲倦的时候，盘腿坐在草地，泉水送来阵阵琴声”。在《感觉西藏》中，“一提起西藏高原，没有经历过的人，觉得非常遥远，我在这里生活了，一天又一天，一年又一年，感觉是如此美好，甚至最丰富的语言，也表达不了多少”。

这样的诗，人人都可以读懂，个个都觉得实在。有人说，诗是语言的变形，诗的王国自有一套语言体系，但万变不离其宗，再怎么变也不能脱离基本的语言逻辑。诗是文化，诗是传播，不管是什么样的诗，让人读懂最重要。诗歌不怕让人读得懂，只怕读来空洞无内容。此外，作者敢于用平实的语言，只因为心中有底气，思想有内容。

四、言之感，充满诗意的语言、丰沛情感的语言，是心灵的颤动

作者对青藏高原之会心，或囊括宇宙，或隐入针锋，或上蓝天白云，或与山谷溪流，灵犀脉脉，若相回答，心音沉沉，交相感应。作者对父老乡亲之会意，或吁寒，或问暖，或默默深情，或使命在身，党心连着民心，言由心生，跃然纸上。

在《觅诗情》中，“我向青山觅诗情，青山说看看我的脊梁，再看看我的衣裳。我向山花觅诗情，山花说闻闻我的气息，再看看我的笑容。我向小溪觅诗情，小溪说看看我的清澈，再听听我的歌唱。我向天空觅诗情，天空说看看我的颜色，再看看我的空旷。我向农民觅诗情，农民说看看我的庄稼，再看看我的汗水”。

在《感知小山村》中，“我没有资格抱怨，饲草与牛粪羊粪，零乱地摆在庭院，自来水通到家里，孩子仍然蓬头垢面，我没有理由责备，该读书的少年，被带到草原，拿起了牧羊鞭，把祖先的生活，在新时代重复一遍，我没有底气禁止，老迈的牛羊，蹒跚在草场，不断增加的牲畜，快要把草根啃光，我没有激情谴责，古老的习俗，残存在村庄，拖住文明的花朵，迟迟难以绽放”。

在《登巴之歌》中，“美丽的登巴山村，飞凌觉巴山的险峻，携带东达山的雄浑，一群群大山的子孙，胸怀着雄鹰的豪情，把太阳的步伐紧跟”。在《登巴姑娘》中，“登巴姑娘，心中那样阳光，笑容桃花一样，眼睛明如月亮，赶跑所有忧伤，到过无数地方，最动情最难忘，就是美丽的登巴姑娘”。在《仙子聚集的地方》中，“登巴峡谷的姑娘，美丽异乎寻常，她的眼睛，是清泉一汪，她的笑脸，是雪莲绽放，她的纤腰，白云一样流畅，她在牧羊，草原不再荒凉，她在收割，土地一片金亮，她在洗衣，快乐水中流淌，一个登巴姑娘，扮靓整个村庄”。

五、平常美，诗歌的美丽来自生活

有人说，诗的美往往在可谈与不可谈之间，正如此，诗评诗话、千方百计，而未足穷其情，诗学美学、层出不穷，终难尽其意。而要展示这种美，平实敦厚可能是捷径，美至绝境，白描更能直达心意；人生练达，三言两语便可概要；情感质朴，简单得就像纯净的蓝天，轻柔的白云。

少风花雪月，多山川壮美。在《登巴村》中，“东达山觉巴山，险峻令人惊颤，公路涧中穿行，村庄散落谷中，抬头可见雪峰，蓝天飘荡白云”。在《惠民首选》中，“人在山脚，仰视不知山多高，唯见山势凌青霄。人在沟壑，下视不见壑多深，唯听深涧传涛声。靠山吃山，苍天垂怜山中人，生出松茸青冈菌，虫草藏在大山岭”。

绝无病呻吟，仅赤子之心。在《祝福小山村》中，“趁着除夕的酒香，一觉睡到天亮，见到的第一缕阳光，金亮中充满辉煌，面对着冉冉升起的太阳，我的心无比亮敞，在新春的第一个早晨，我把最美好的祝福，献给我工作的小山庄”。在《没有别的原因》中，“我要把诗，写得更加纯真，没有别的原因，只为那一个个，淳朴可爱的乡亲”。

不强说愁苦悲悯，只自然流露。在《少女》中，“第一次见到姑娘，稚嫩如同雪莲绽，在陌生人的面前，羞得只笑不轻言，我还与她戏语，这么漂亮的少女，一定要上学读书，可不要提前嫁人。第二次见到姑娘，来领护林员的钱，笑容已经不见，婴儿系捆在背，稚气尚未脱去，愁苦已聚眉间，时间只隔一年，为何有此巨变”，“一群孩子，一群牛羊，几亩口袋地，大山之中，迎来太阳，送走月亮，就是往后时光”。

在《冬天的登巴》中，“登巴的冬季，阴天少而短暂，起一阵风，浓云就飘散，阳光洒满村庄，洒在每一座山，雪峰上冰凌闪闪，村中人的心里，却荡漾着温暖，夜晚的感觉，没有不胜寒，木楼挡住了风，一家人围坐火炉，喝着茶吃着饭，悠然把电视观看”。

在《我的小山村》中，“我的小山村呵，在你的面前，我的灵魂，是透明的玻璃，经不起你的纤手，轻轻一击。我的小山村呵，在你的面前，我的思维，是春天的花蕾，遇上你的晨曦，便绽放笑靥”。

六、情之切，对人民，对祖国，对这片热土充满热爱

作者在驻村中见到了自己的使命。在《过通麦》中，“通麦道路险峻甲天下，乘车通过眼睛不敢眨，它年我若归去，愿化一片彩云，驻足南迦巴瓦，守望过往车辆行人，送给他们一路安宁”。在《没有别的原因》中，“我要把一件件实事，办得更加扎实，没有别的原因，只为山村之中，每一个勤劳的人”。在《惠民之风》中，“惠民之风，吹到小山村，带来了春雨，滋润干涸的土地，禾苗发芽生根，原野一派清新，激励所有农民，辛勤创造好收成，惠民之风，吹到大草原，每一头牛每一只羊，吃草还能领到补助，保护自家的牧场，也能把工资领上”。

在《民生断想》中，“一个年届五十的农民，开办起家庭旅馆，不停地向我感叹，现在的政策真好，根本不担心温饱，生活年年改善。创业的机会一茬茬，感恩的念头心中扎，谁还希望风云变幻，争争夺夺打打杀杀，幸福风中飘雨中洒，执政之要在民生”。在《驻村工作队》中，“驻村工作队，把办公室从机关，直接搬到农舍，在广袤的土地上，深情地书写。驻村工作队，新时期的先遣连，同吃同住同劳动，把党的优良作风，不折不扣地实践”。

在《惠民断想》中，“惠民首推公正，大大小小的权柄，不沾一点私情，党的阳光雨露，才能洒向所有生灵，惠民需要蜡烛心，燃烧自己照亮他人，执政的手指，加入利益纷争，民心必散尽，惠民就是送甘霖，让久旱的禾苗，得到滋润，形式主义横行，百姓必不领情”。在《村支书》中，“衣着不太讲究，朴实农民一个，开会手拿水杯，道理没有一堆，这也对那也对，幸福的生活，全靠党送实惠”。在《融入大潮》中，“年楚河拉萨河，融入雅鲁藏布江，澜沧江怒江金沙江，凝聚起浩荡奔腾的力量，向贫困宣战，向落后宣战，向涣散宣战，向分裂势力宣战”。

七、高情操，始终贯穿着一个老共产党人的坚强党性

忠诚无论在什么场合和环境，都是让人尊敬的。操守无论在什么时代和语境，都是立人之根本。不管是实实在在做人，还是孜孜以求地效法于人。在中国共产党的领导之下，西藏面貌发生了翻天覆地的变化，举世瞩目。新西藏的建设成就得之不易，全国人民的支持，特别是千千万万藏汉共产党人的中流砥柱，发挥了至关重要的作用，是变革的根本支撑。背后蕴藏的精神让人震撼，这种精神简而概之就是坚强的党性。作者以自己的亲身所历，以自己的成长进步，以自我的升华展示了无数个他我的千锤百炼过程。

在《驻村思绪》中，“接过哈达喝下青稞酒，思绪万千梳理工作，支部为堡垒，成员为明灯，凝聚人心驱逐浮云，村委会团结清廉勤政，正义公平让村民放心，排查隐情促进和谐维护稳定，立足实际找准关键拓宽渠道”，“惜民力尊民智激民勤，一片赤诚与民携手，共铸维护稳定的连心锁，一片热忱不带半点私心，把党的阳光送进百姓心灵”。在《忙》中，“学道城中，论剑乡下，强基惠民头绪繁，唯恐失职成冗官”。

在《驻村感悟》中，“机关小舞台，村庄大世界，办公室的满腹经纶，是否经得起，乡村风雨的裁定，入驻小山村，一见一行一闻，更加明白了，为谁执政，为谁用好权柄，驻村必须一颗心，党心紧连村民心”。在《没有别的原因》中，“我要放弃高深，让桩桩小事缠身，没有别的原因，小事关系民生，走出机关到农村，身为党的人，必须让党恩扎下根，不负天地良心”。

丁勇同志的诗歌，实在不同于现在许多长在象牙塔中的诗歌，它们是扎扎实实开出的驻村生活之花。其中的语言，是实实在在的人民语言、耳熟能详的生活语言，十秒钟之内就能解构的平易语言，是属于一气就能读下去的痛快语言。虽然整个诗集只是由100多片树叶叠成，但它下面撑起的枝干，还有深深扎进土壤的根系，却是中华民族几千年的传承、几十年的党恩、高原和西藏人民的养育、几百个驻村的日日夜夜。丁勇同志的诗歌，最终也成就了人民公仆之外，丁勇同志这位人民诗人。

周　勇

2013年11月6日于拉萨